U0359507

智慧公主马小岚纯美爱藏本8

当公主遇上大侠

dang gongzhu yu shang daxia

马翠萝 著

化学工业出版社

·北京·

图书在版编目（CIP）数据

当公主遇上大侠／马翠萝著. —北京：化学工业出
版社，2015.9（2023.8重印）
（智慧公主马小岚纯美爱藏本）
ISBN 978-7-122-24788-9

Ⅰ. ①当… Ⅱ. ①马… Ⅲ. ①儿童文学-中篇小说-
中国-当代 Ⅳ. ①I287.5

中国版本图书馆CIP数据核字(2015)第176355号

原版书名：公主传奇 当公主遇上大侠 原版作者：马翠萝
ISBN 978-962-08-5281-7
本书为新雅文化事业有限公司授权化学工业出版社在中国内地出版中文简体
字版本，仅限于在中国内地（不包括香港、澳门及台湾）发行销售。
未经许可，不得以任何方式复制或抄袭本书的任何部分，违者必究。
© 2012 Sun Ya Publications (HK) Ltd.

北京市版权局著作权合同登记号：01-2012-2904

责任编辑：张素芳　　　　　　　　　　　责任校对：陈　静

出版发行：化学工业出版社（北京市东城区青年湖南街13号　邮政编码100011）
印　　装：大厂聚鑫印刷有限责任公司
880mm×1230mm 1/32　印张 6½　2023年8月北京第1版第11次印刷

购书咨询：010-64518888　　　　　　　　售后服务：010-64518899
网　　址：http://www.cip.com.cn
凡购买本书，如有缺损质量问题，本社销售中心负责调换。

定　　价：16.80元　　　　　　　　　　　版权所有　　违者必究

目　录

第 *1* 章
传国玉玺被窃

　　小岚吃完早餐后，就开始登入互联网看新闻。看完乌莎努尔的又接着看中国香港的，这是她每日的习惯。

　　港闻版上，一条粗体字的标题映入眼帘：

　　古墓喜见失踪珍宝　千年玉玺再现马湾

　　本报讯：香港马湾一处建筑工地发现古墓葬，墓内棺椁打开后，竟发现了失踪一千多年的极富传奇色彩的传国玉玺……

　　"传国玉玺！"小岚不由得轻轻地喊了一声。

　　传国玉玺来历非凡。秦始皇建立起中国历史上第一个王朝之后，也如愿以偿得到了几代秦王朝思暮想的晶莹美玉

——和氏璧。为了显示自己前无古人的至尊伟大，秦始皇用和氏璧制作了传国玉玺。玉玺上螭龙盘踞，玺文是由丞相李斯用大篆题写的"受命于天，既寿永昌"八个大字。价值连城的玉质，巧夺天工的雕刻，加上盖世无双的书法，使这枚玉玺成了精美绝伦的艺术品，也成为历代皇帝承天受命的象征。

这珍贵的传国玉玺从秦朝一直传至五代的后唐，前后约一千二百年。后唐末帝李从珂被叛军击败时，带着玉玺登楼自焚，玉玺从此下落不明。

宋、元、明、清历朝都有发现所谓传国玉玺的记载，不过后来都证实只是好事者的狗尾续貂，连当时的皇帝都认为那些是假的。传国玉玺就像一个善于制造悬念的大师，留给后人的，只是一个千古之谜。

难道，香港这次真的发现了失踪已久的稀世奇宝？

小岚继续看新闻。

"……鉴于历代曾出现以假乱真的传国玉玺，所以有关方面正火速联络内地相关部门，请派权威人士前来进行鉴别。玉玺暂存放香港展览馆内……"

网上还上传了一张照片，可以清晰地看到那玉玺方圆四寸，雕有五条龙，正面刻有"受命于天，既寿永昌"八个篆字。

那正是历史记载中传国玉玺的模样啊！

希望这玉玺是真的。

小岚很有一种冲动，很想马上飞回香港，一睹玉玺的风采。

"铃——"

手机突然响了，小岚放下鼠标去听电话。

电话里传来一个浑厚的男声："是小岚吗？"

"是呀，您是哪位？"

"我是香港特首。"

"啊，是特首叔叔，好久没见了，您好吗？"

致电小岚的人正是香港特区现任行政长官。

"我很好，你呢？学习忙不忙？学校放假了吧？"

"今天下午回学校行散学礼，明天开始放假了。"

"那太好了，有事请你回香港帮忙呢。你看过今天的报纸没有？知道发现传国玉玺的事吧？"

"知道知道。鉴别结果出来了吗？"

"唉……"特首在电话那头叹了一口气，"昨天夜里，玉玺被盗了。"

"啊，被盗了！"小岚大吃一惊，又问，"有没有破案线索？"

"有啊！我们想请你回来，根据线索帮忙破案，你有

时间吗？"

小岚马上答应："有有有。事不宜迟，我下午散学礼后就坐飞机回去。"

"那太好了，我明天早上在香港展览馆等你。"

"好，一言为定！"

小岚放下手机，心想：好可恶的盗贼，连国宝都敢偷！看我马小岚非把你揪出来不可。

小岚马上去找晓晴、晓星，他们俩本来也打算放假回香港看望爸爸妈妈的，这回正好一块儿回去。

晓星见小岚进来，忙跑过来："小岚姐姐，早安！"

"早安！"小岚说，"你们不是打算回去看望伯父伯母吗？今晚我会乘'皇家一号'回香港，你们可以搭顺风机。"

晓晴高兴地说："小岚，你也跟我们一块儿回香港？"

小岚点点头："对，特首叔叔找我去帮忙破一个案子。"

"特首叔叔说过也请我帮忙吗？"晓星用期待的目光看着小岚。

"我呢？"晓晴也凑上来，"一定有，对不对？"

"没有！"特首叔叔确实没提他们俩啊！

"呜——"晓星不由得扁起嘴。

"不过，如果有人乖的话，我会请他做助手。"小岚说。

"我乖！我乖！"那两姐弟嚷嚷着。

小岚笑嘻嘻地说："好，就请你们吧！"

"太好了！"晓星高兴得一蹦一跳的。

晓晴不像他那么夸张，只是得意地笑着。

散学礼后，小岚去向万卡辞行。问过侍卫长，得知万卡还在办公室忙着，她便往那里去了。

国王办公室门口有两名持枪的卫兵，他们一见小岚，忙立正行礼。一名卫兵说："公主殿下，我替您通报。"

小岚摆摆手，说："不用，别惊动陛下，我自己进去行了。"

两名卫兵齐声说："是！"然后打开了那两扇厚重的门。

两百多平方米的大办公室里，三面全是文件柜，正面摆着一张巨大的办公桌，万卡坐在桌子后面，正低头批阅文件。

可能是房间太大了，或者是万卡工作得太专注了，他并没有发现有人进来。

小岚悄悄走到万卡身后，伸手捂住他的眼睛。

万卡放下手中文件，开怀地笑了。不用猜就知道是谁，当今世界，除了他深爱着的小公主马小岚，有谁敢跟他这样一个威震天下的年轻国王开玩笑！

"小岚，我知道是你！"他轻轻掰开小岚那双暖暖的小手。

"一点都不好玩，每次都让你猜中！"小岚嘴里埋怨，脸上却笑嘻嘻的。

万卡牵着她的手走到沙发旁，两人并肩坐着。

万卡用温和的眼神看着小岚："散学礼完了吗？"

"完了。"小岚美美地伸了一下懒腰，又赶紧坐正身子，兴奋地说，"不过，刚刚接到一个新任务。"

万卡看着她那双扑闪着的大眼睛，笑着问："哇，我的小公主好忙啊，又有什么新任务了？"

小岚说："你有没有看过今天的新闻？知不知道香港发现传国玉玺的事？"

万卡点点头："我看到新闻了，鉴定有结果了吗？"

小岚叹口气道："专家还没到，玉玺就被盗了。"

万卡吃了一惊："什么！这些窃贼胆子可真大呀，找回来没有？"

小岚摇摇头说："还没有。只是香港那边发现了一点线索，特首叔叔请我回去协助破案呢！这次任务责任重大，牵涉到极为重要的国宝。万卡哥哥，你跟我一起回香港好吗？"

万卡有点无奈地说："我好想跟你一块儿去，但最近有很多紧急国务要处理呢！"

小岚明显地有点失望，但她还是表示理解："我明白，国家大事要紧，我有晓晴、晓星陪也行啊！"

小岚越是明事理，万卡心里越是愧疚："真对不起！我老是抽不出时间陪你……"

小岚打断他的话："别说对不起。你是一国之君，如果你撇下国家大事去陪女朋友，我才不答应呢！"

"女朋友？！"万卡一听可高兴了，之前小岚对他的求爱一直都是模棱两可的，从来没有正式承认过他们的男女朋友关系呢！他一把拉住小岚的手，叫道，"你终于承认是我女朋友啦！太好啦，太好啦！"

一向内敛的万卡，竟开心得拉起小岚，在办公室跳起华尔兹来。

"铃——"电话响起。

万卡拉着小岚，一路旋转着来到电话机旁才停了下来。他一只手去拿话筒，一只手仍拉着小岚。

"喂，什么事？接见英国首相的时间快到了？好，我马上过去。"

万卡放下话筒，一副心不甘情不愿的样子，问小岚："取消接见，好不好？"

小岚一把抽回自己的手，说："白痴！当然不好！"

万卡笑了，他挤挤眼睛，说："跟你闹着玩呢！我什么时候有过因私忘公……"

小岚眼睛一瞪："哦，你什么时候学得这样坏，学会捉弄人了，一定是跟晓星那家伙学的。"

万卡哈哈大笑："什么跟晓星学？我是跟你学的，跟你学了一点点'小坏'。"

"啊，你说我坏，我就坏给你看！看我打得你变猪头！"

小岚举起拳头要揍万卡，吓得万卡赶紧逃。

门外的卫兵听到喊打声，赶紧推开门，只见他们至高无上的国王被小岚公主追打着，吓呆了，竟不知作何反应……

第2章
高空说故事

　　高空上，"皇家一号"在飞翔。

　　聪明的读者一定知道，这飞机一定是飞往香港的，里面的乘客一定是马小岚跟晓晴、晓星了。

　　非常正确。不过，除了他们三个和机组人员之外，飞机上还有四名保镖。这是万卡特地指派来保护小岚公主的。

　　之前很多次外出遇险，小岚差点小命不保，所以万卡决定日后公主出游，一定要有保镖随行。

　　小岚可是一千个一万个不愿意，可是一向顺从她的万卡却在这问题上显得异常固执，到最后，那四条"尾巴"

晓晴倒是十分享受这待遇，有四个帅帅的保镖跟在后面，多神气啊！走在街上回头率一定暴升呢！

一上飞机，小岚就把那四个帅哥打发到其他机舱了，所以现在只有他们三个人。

晓晴和晓星知道他们此行是为寻回被盗的传国玉玺之后，都十分兴奋，缠着小岚要她讲有关传国玉玺的故事。幸好小岚有"做功课"，便娓娓道来。

"中国历史上，堪称国之重宝的器物不在少数，但恐怕没有一件比得上传国玉玺。它是野心家梦寐以求追逐的目标，它的出现和消失，甚至成为王朝更替、江山易帜的象征。"

晓星眼睛瞪得大大的："哇，厉害，厉害！"

小岚说："即使是制造玉玺的材料，也极富传奇色彩呢！你们听过和氏璧的故事吗？"

"啊，莫非传国玉玺是用和氏璧造的？"晓星惊讶极了，"我看过和氏璧的故事，说的是春秋时，楚人卞和在山中看见有凤凰栖落在青石板上，依据'凤凰不落无宝之地'的传说，他锲而不舍地在山中寻找，终于发现一块璞玉。卞和先后将璞玉献给楚厉王和楚武王，但都被认为

是石头，结果以欺君之罪被砍掉了左右脚。后来楚文王即位，卞和抱着璞玉在荆山脚下痛哭，哭得双眼流血。文王被他的诚意所感动，便把璞玉拿去命玉匠打磨，发现里面异光闪烁、璀璨夺目，果然是稀世宝玉。最后璞玉由良匠雕琢成璧，取名'和氏璧'。"

"晓星对中华文化还挺熟悉呢！不错，不错！"小岚大声地表扬着，令晓星得意非常。

小岚又问："那你们又知不知道'完璧归赵'的故事？"

晓晴不想让弟弟独揽，抢着回答："我知道！'完璧归赵'是讲蔺相如保护和氏璧的故事。我还看过这个话剧呢！那演蔺相如的男演员，帅极了！'完璧归赵'的故事是说，和氏璧后来落入赵国国君赵惠文王手中，秦国国君秦昭王很想得到和氏璧，便给赵惠文王写信，表示愿拿十五座城池进行交换。秦国势大，赵惠文王不敢拒绝，只好命大臣蔺相如将和氏璧送到秦国。没想到，秦昭王拿着美玉爱不释手，却想食言，不交出城池。多亏蔺相如大智大勇，夺回和氏璧，挫败秦王的阴谋诡计，终于'完璧归赵'。"

小岚拍拍晓晴的肩膀，说："晓晴也不错啊，值得表扬！"晓晴得意地朝晓星挤挤眼睛，晓星就不服气地朝她吐舌头。这两姐弟，真服了他们！

晓星急着听小岚讲下去，首先偃旗息鼓。他坐正身子，问道："小岚姐姐，和氏璧既然已经'完璧归赵'，那后来为什么还是落入了秦始皇手中呢？"

小岚说："秦王嬴政登位后，打败了赵国，所以就把和氏璧抢到手了。后来天下一统，嬴政称始皇帝，就用和氏璧造出了我们现在称的传国玉玺。"

晓晴和晓星早忘了刚才的争执，异口同声地问："那玉玺后来是怎样失踪的？"

小岚说："玉玺一直传到后唐，末代皇帝李从珂被叛军围困，无路可走，他带着玉玺自焚，玉玺从此便在世界上消失了。"

晓晴一跺脚："唉，这么好的宝贝，失踪了一千多年，好不容易在香港找到，但又被人偷了，真气人！"

小岚说："其实自从玉玺失踪之后，不时都有传出找到的消息，早前，还传说玉玺流入了美国呢！不过，后来都证实是后人模仿之作，并非真品。"

晓星说："香港是块宝地，说不定，这次发现的玉玺是真的呢！"

小岚拍拍晓星的肩头："我也希望是。所以，我们要想尽办法，查出盗贼踪迹，找回玉玺。"

"好！"晓星一拍胸口，说，"小岚姐姐，我会竭尽全力，帮你找到真凶！"

晓晴不屑地瞟了他一眼："小屁孩一个，有什么能耐帮助小岚？还是我晓晴大美女出马好了，一声号令，争着帮我捉贼的人有的是！"

晓星朝她扮鬼脸："大美女？不害臊，不害臊！"

晓晴回敬说："你才不害臊，你才不害臊！"

晓星毫不示弱："你才是，你才是！"

"停！"小岚不耐烦了，大喊一声，"谁再吵就别想当我助手了！"晓晴、晓星不约而同地用手捂住嘴。

小岚"扑哧"一声笑了。这俩家伙，说他们不是一母同胞都没人信，连小动作都一样。

他们就这样说一回故事，又打闹一回，后来困了，就一个个歪倒在躺椅上睡着了。

小岚最先醒来，她一看外面，发现飞机已经到达香港，并且降落在停机坪上了。看看旁边，晓晴和晓星还睡得像死猪一样。小岚一看表，糟了！原来已经是第二天早上八点多了，她赶紧喊道："晓晴、晓星，快起来！"

接着小岚按铃唤人进来。一位漂亮的空中小姐推开门，彬彬有礼地朝小岚鞠了个躬："公主，早上好！"她又朝睡眼惺忪的晓晴、晓星鞠了个躬："周小姐、周先生好。"

小岚用埋怨的口吻问："怎么不早点叫醒我们？我们有急事要办呢！"

空姐满脸笑容地回答："对不起，公主。蔡先生一早打电话来，吩咐不要打扰你们休息。"

她口中的蔡先生，就是蔡雄平，也是小岚他们的老朋友。小岚说："那好，你赶快送早餐来，我们吃后马上走。"

空姐说："好的，请公主稍等，马上送来。"

第3章
嫌疑人物

　　小岚吃好早餐，见那两姐弟还在懒洋洋地收拾背囊，便说："快点啊，我先下去了。"

　　小岚一下飞机，就看见蔡雄平和一名中年男士早已站在停机坪上等候。一见到小岚，蔡雄平马上笑眯眯地迎上来，说："啊，一段日子不见，小岚不但长高了，而且还越来越漂亮了。"

　　"谢谢蔡叔叔夸奖！"小岚又笑着问，"张阿姨好吗？"

　　她问的是蔡雄平的太太张圆。张圆是一家亲子鉴定中心的负责人，之前小岚帮助乌莎努尔寻找流落民间的王子

时，曾由张圆协助做过亲子鉴定。

蔡雄平说："她很好，谢谢。她挺想你呢！老说什么时候你回香港，约你见见面、聊聊天。"

小岚说："我也想她呢！找时间一块儿去喝咖啡，好不好？"

蔡雄平说："好啊，一言为定。"

蔡雄平接着给小岚介绍那名中年男士："这位是展览馆馆长余卓之先生。"

余卓之上前一步，紧握小岚的手，说："小岚公主，欢迎你！你能回来帮忙，真是太好了！"

蔡雄平说："传国玉玺失窃，余馆长都快愁死了。听说你能回来帮助破案，他不知有多高兴呢！"

小岚笑着说："谢谢余馆长的信任，我会尽力协助的。"

这时候，刚走下舷梯的晓星一下钻了过来，站在余馆长面前："馆长叔叔，请你放心，我也会帮忙的。"

不知怎么，余馆长一见晓星，竟露出吃惊的样子，他张嘴想说什么，却被蔡雄平截住了："呵呵呵，晓星也回来了，是来看爸爸妈妈的吗？"

晓星挺挺胸，说："主要是来当小岚姐姐助手的。我

们这就跟小岚姐姐一块儿去展览馆。"

蔡雄平面露尴尬："不如你们先回家看爸爸妈妈……"

晓星却一口拒绝："不，寻找玉玺要紧！"

"这……"蔡雄平挠挠头。

结果，九个人分乘两部劳斯莱斯，直向香港展览馆而去。

突然，"铃"一声，小岚的手机响了。

小岚接听："我是小岚，请问哪位？"

电话里传来周家妈妈带着哭腔的声音："小岚、小岚，我是周伯母，请你马上回香港一趟。帮帮我，帮帮我！"

小岚吃了一惊："伯母，您别激动，慢慢说。"

周家妈妈说："你快来，快来救救晓晴姐弟，他们疯了！"

"啊！"小岚十分错愕地看了看身旁，那姐弟俩正在玩一个无聊的游戏，就是各自把一瓶矿泉水放在头顶上，不许用手去扶，谁的瓶子不掉下来就算赢。

他们没有疯啊，只是有点白痴而已。

小岚很是疑惑："伯母，您说什么？他们没事啊！"

"有事，有事！"周家妈妈用几乎哀求的口吻说，"小岚，我求求你，请你马上回来一趟！我们在清沙湾的别墅，你快来啊，快来啊！"

小岚心想：莫非是周家妈妈思念子女成狂，神经出毛病了？

她不禁担心起来，如果不是特首叔叔正在展览馆等候，她一定会立刻赶去周家。

她安慰说："伯母，放心，我现在在香港，我会尽快赶去您那里的。"

挂线后，小岚想了想，说："晓晴、晓星，你们先回家一趟吧！你们妈妈刚打电话来，说了些莫名其妙的话……你们快回去吧，她在清沙湾别墅，见到你们，她就会放心了。"

"不要嘛！"晓星噘着嘴，"我要跟你一块儿去展览馆……"

还是女孩儿贴心，晓晴担心地问："妈妈怎么了，说了些什么？"

小岚皱着眉说："我也听得莫名其妙，反正有点神经兮兮的。我担心她太想你们，想出毛病来了。"

"那我们马上回去。我去拦的士好了，这里拦车很方

便。"晓晴对司机说，"麻烦停车！"

车子稳稳地停住了。

没想到晓星却用手抓着椅背，死活不肯下车。小岚和晓晴死拖硬拽的，才把他拉下去了。那家伙死不服气，直到劳斯莱斯开走了，他还在后面追着大喊大叫，一副气愤难平的样子。

小岚等人很快便到了香港展览馆。

不知是因为未到开放时间，还是因为馆内失窃暂时闭馆，一路除了见到很多保安之外，没有见到一个参观的人。

特首已经在会客室等着了，一见小岚进来，马上起身迎上来："小岚，你好你好，这次又要辛苦你了。"

小岚笑着说："特首叔叔别客气，我是香港人，帮家乡做事，很光荣呢！"

特首一脸赞许："真是个好孩子！"

因为特首马上要去参加一个重要会议，跟小岚寒暄几句后便匆匆走了。蔡雄平带随行的四名保镖去另外的地方休息，会客室只留下小岚和余馆长两个人。

小岚性急地问："有关传国玉玺失窃，究竟是怎么回事？"

　　余馆长说："在马湾找到玉玺的事，相信公主已经看过有关新闻了。我们已经第一时间发函，邀请杨学书教授来港帮助鉴别玉玺，杨教授是国内对传国玉玺最有研究的专家。但不巧的是，杨教授刚好出国访问，要过几天才能回国来香港，所以我们暂时把玉玺放在展览馆的重要展品区里，边给市民观赏，边等候专家前来。"

　　小岚问："重要展品区的安保情况如何？"

　　余馆长回答说："那里采用现时世界上最顶尖的高科技防护系统，只要系统一开启，别说是人，连小蚊子飞进去，都会响起警铃。晚上闭馆之后，防护系统会进一步升级，天花默认的系统会放出一道俗称'铜墙铁壁'的电网，电网严密地罩住展品，这时候，任何东西都无法穿越电网。之前那里放过无数珍贵展品，如世界最大的八克拉的蓝钻石、乾隆皇帝的御玺、几千年前的金缕玉衣，等等，都安然无恙。"

　　"盗玉玺的贼人可真不简单，这么厉害的防护系统都能破解。"小岚若有所思，又说，"不是说有一点破案的线索吗？我想看看。"

　　"好的。"余馆长按了一下铃，一名工作人员便拿着一盒小巧的录像带进来了。

余馆长又按下一个按钮，天花徐徐落下一块大屏幕，余馆长把带子放入放映机，开始播放。

"这是前天下午三点十二分的录像。"余馆长解说着。

屏幕上出现了一个展览厅，展览厅的中央用铁栏围起一个约二十平方米的展场，展场中间有个不停旋转着的圆柱体，柱顶放着一枚玉玺，那玉玺发出幽幽的光，美极了。

展场外面挤满了人，每个人脸上都露出好奇和渴望的神色，饶有兴味地看着那充满传奇色彩的传国玉玺。

小岚问："那你们提到的线索……"

余馆长按了一下快进键，带子跳到了下午五时四十分。

因为已近六点的闭馆时间，展览厅里参观的人变得很稀少，可以清晰地看到一个男孩子趴在围栏上，脖子伸得长长的，很夸张地拿着一个高倍望远镜，目不转睛地盯着玉玺看。旁边一个女孩在指指点点跟男孩说着什么。

"晓晴，晓星！"小岚脱口而出。

"对，刚才在机场看到他们，我真吓了一跳呢！录像里的两个孩子分明就是他们俩。"余馆长继续说，"我们

仔细看了那天的录像，就数他俩最有嫌疑。他们从下午三点多就进场，一直不肯走。他们带来了大大小小七八个望远镜，前前后后、左左右右，东瞧瞧、西瞧瞧磨蹭了几个小时，形迹实在可疑。"

小岚急忙摇头说："不，不会是他们！你这段录像是前天下午录的，那时候，晓晴、晓星正在乌莎努尔的学校里上课呢！"

余馆长说："是的。蔡先生曾经请入境处查过他们的出入境记录，那时候他们根本不在香港。但是很奇怪，为什么他们长得跟这两个人这么像呢？晓晴、晓星没有孪生姐弟吧？"

"应该没有啊！"小岚突然想起了什么，她大喊一声，"啊，莫非……"

余馆长急忙问："莫非什么？"

看过《守护宝藏的公主》的读者一定知道小岚想说什么，她想起之前一起穿越时空来到香港，但又失去了联络的小云和小吉！

小云和小吉是宋代人，他们的外貌跟晓晴、晓星一模一样。

小岚没有回答余馆长的话，只是脑子里飞速地想着事

情。她回想起刚才周伯母的电话，周伯母提到晓晴、晓星"疯了"的事。莫非是小云、小吉来到香港后，鬼使神差地到了周家，神经兮兮地闹出什么怪事，而周伯父、周伯母又把他们当成自己的儿女，所以被吓着了？

小岚张了张嘴，但又忍住了。告诉余馆长说录像带里的两个孩子很可能是从宋代穿越时空来的小云、小吉？这样怪异的事他怎会相信！

"哦，我是想说，或许他们真有孪生姐弟，只是我不知道而已。"小岚又提出疑问，"但如果看到他们有这样的古怪行为，就怀疑是他们偷了玉玺，未免太武断了吧？"

余馆长说："还有下文呢！"

余馆长又单击快进键，带子跳到了半夜三点零七分。

还是那个展览厅，圆柱上的玉玺还在。这时，"铜墙铁壁"应已启动，可以看到那个玉玺周围，交织着千万条蓝线，就像覆盖着一张精密细致的网。

就在这时，风驰电掣般卷进了两个黑影，紧接着展厅里所有的灯一下灭了，蓝网也不见了，屏幕上一片黑暗。黑暗大约持续了五六秒钟就恢复了光明，但是画面上不但没有了人影，连玉玺也不见了。

又是两个人！怪不得人们会产生怀疑了。

小岚想了想，说："余馆长，这样吧，我现在就去找晓晴、晓星，向他们了解一下情况，看看他们有什么说法。"

她又拿出一个U盘，把录像带里跟晓晴、晓星有关的那些片段下载了下来。

第4章
周家别墅里的怪事

　　蔡雄平和余馆长把小岚送到展览馆门口，那部加长的劳斯莱斯早已在那里等候着，早上见过的那位年轻司机正静静地站在车子旁边。蔡雄平对小岚说："忘了介绍，这位是司机小金子，人很好，你想去哪里尽管跟他讲。"

　　小岚朝小金子点点头："小金子，麻烦你了！"

　　小金子咧开嘴，露出一脸灿烂的笑容："一点不麻烦。为我们美丽的公主开车，是我无上的荣耀。"

　　这时，四名身穿白色西装的保镖鱼贯而出，小岚一见就脑袋发胀。她一向习惯独来独往，现在一天到晚有四个人跟着，真烦人。

上车后，小金子问："公主，请问去哪儿？"

小岚惦记着周家不知发生了什么事，她刚要说去"清沙湾"，但又改变主意，对小金子说："去王子大酒店。"

"好的！"小金子一踩油门，车子就稳稳地开动了。

车子很快到了王子大酒店，停定后，小岚对保镖里的小头目阿猛说："蔡先生已经替我们在这家酒店订了房间，你们先去登记入住，我去看一个朋友，马上回来。"

阿猛犹豫着："公主，国王叫我们寸步不离保护您，我们还是跟您一块儿去看朋友吧。"

小岚故作生气："难道你们连我的话都不想听吗？"

阿猛赶紧说："不是不是，公主之命，我们哪敢不听。只是怕公主万一遇到危险……"

小岚说："不会的，香港是我长大的地方，危不危险我清楚得很。光天化日的，谁敢动我？你们放心吧！在房间里看看电视，打打游戏，我很快就回来。"

阿猛无奈地带着三个手下下了车，他又回过头来，对小岚说："那公主您千万小心，看完朋友赶快回酒店。"

小岚说："好啦好啦，阿猛，你比我太奶奶还唠叨呢！"

阿猛还想说什么，机灵的小金子早已关上车门，一下把车子开出老远。

"谢谢小金子。啊，好舒服啊！"小岚在宽敞的车子里舒服地伸了伸懒腰，惬意地说。

小金子笑嘻嘻地说："不用谢！"

小岚让自己坐得更舒服些，然后脑子又飞速运转起来。录像带里行为古怪的那两个人，应该是小云、小吉。但是，夜盗玉玺的那两个人也是小云、小吉吗？他们能有那么大的本领，冲破高科技的防护系统"铜墙铁壁"？

不像，这方面不像他们。

小金子把车开得又快又稳，不一会儿就到了周家位于清沙湾的小别墅。那里三面环水，环境很幽静。小岚让小金子先回去，自己就急急地朝周家走去。

"小岚姐姐！"

有人喊她，她回头一看，见一部的士刚停下，车上有个男孩在朝她招手。

啊，是晓晴、晓星！怎么搞的，他们现在才到家！

晓星打开车门走下车，接着是晓晴。

小岚惊讶地问："你们……"

晓晴气哼哼的："都怪晓星，硬要司机走条'歪

　路'，大塞车呢！气死人了，在车上憋了一个多小时！"

晓星朝他姐姐翻白眼，不服气地说："你知不知道什么叫'天有不测风云'，那条路一向都很顺畅的嘛，谁知道今天会这样！我看这事得怪你，早知道跟着小岚姐姐去办案，现在我们也办完案回来了。"

晓晴向弟弟瞪眼睛："你……"

那两姐弟一吵嘴就会没完没了，小岚不客气地截住晓晴的话："你们别再吼叫好不好？你们家还不知道出了什么事呢，还有心情吵！快回家吧！"

那两家伙这才记起了回来的目的，马上争先恐后地奔回家去。

周家别墅是一幢三层高的小洋房，别墅前面用木栅栏围起了一个小花园，晓星推开虚掩的小木门，三个人走了进去。

楼下大门紧闭着，晓星用力敲门："爸爸、妈妈，开门！"

门一下被拉开了，露出周家妈妈惶恐的脸。一见晓晴、晓星，她倒吸一口气，眼睛睁得溜圆，嘴巴张成个"O"字，脸上显得惊恐莫名。

晓星莫名其妙，问："妈妈，您怎么啦？"

　　这时，周家妈妈身后走来了周家爸爸，他一见站在门口的晓晴、晓星，脸上竟也露出和周家妈妈一样的表情。

　　晓晴伸手拉拉妈妈的手，没想到被妈妈甩开了："你、你是什么人？！"

　　晓晴大惊，她说："妈妈，您怎么啦？我是晓晴呀！"

　　周家妈妈像见到怪兽恐龙似的后退一步，嘴唇颤抖地说："你是晓晴？不，你不是！"

　　晓星被爸爸妈妈的举动吓坏了，他惶惑地说："妈妈、爸爸，你……你们不是生病了吧？我是晓星，她是晓晴，还有……"

　　晓星把站在后面的小岚拉了过来："这是小岚姐姐，天下事难不倒的很厉害的小岚姐姐，你们该认得吧？"

　　只见周家妈妈和周家爸爸眼睛一亮，两人不约而同伸手死死地抓住小岚，就像溺水的人抓住了救生圈一样。

　　周家妈妈语无伦次地说："小岚，小岚，好多怪事，好多……又多一个晓晴、晓星。他们姐弟疯了，他们在犯法呢！他们有好多好多钱……出事了，出事了……"

　　小岚搂着周家妈妈的肩膀，努力去安抚她："伯母，您镇静点，我们进屋去，坐下慢慢说，慢慢说……"

周家妈妈顺从地被小岚扶着进了屋。

楼下是一个宽敞的客厅，小岚让周家妈妈、周家爸爸坐到沙发上，又让晓晴、晓星坐到他们身边。

她自己则拉一把椅子，坐到沙发对面。

"伯父伯母，究竟发生了什么事？他们真的是晓晴、晓星呢，你们把他们吓坏了。"

周家妈妈战战兢兢地伸出手，摸了摸晓晴，又摸了摸晓星，狐疑地说："他们真的是晓晴、晓星？奇怪，那三楼的那两个是谁呢？"

小岚一听，就知道自己早前的猜测对了。

晓晴、晓星却摸不着头脑，异口同声地问："什么，楼上还有两个我们？"

周家爸爸说："是呀。一个星期前，晓晴、晓星突然出现，我们都觉得有点奇怪，他们以前回来都会事先来电话，让家里收拾好房间，但这次却突然就回来了。"

周家妈妈接着说："还有，他们穿得奇奇怪怪的，做的事也奇奇怪怪的。而且，他们对很多司空见惯的东西都大惊小怪的，连电灯、电视机这些普通物品都凑上去研究大半天。"

周家爸爸也说："是呀，那天我开车带他们去吃饭，

他们兴冲冲地简直想把车子拆了，说要弄清楚它为什么跑得比马车还快。"

周家妈妈压低声音说："还有，前两天，他们神秘兮兮地提着两个大袋子回来了，一打开，里面全是五百元面值的纸币！我真害怕他们是去抢银行了……"

晓星和晓晴越听越生气，晓星"砰"地跳起来，拿起墙上挂着的一把木剑，说："哪里来的妖怪，竟敢冒充我们，我叫他们有来没回！"

他一转身，"砰砰砰"跑上楼，晓晴也跟着跑上去了。

"你们别冲动！"小岚一把没抓住他们，也只好跟着上楼去了。

第5章
老祖宗驾到

　　晓晴、晓星的房间是毗邻的，而且正对着楼梯，所以大家一跑上三楼，就把两个房门大开的房间看得清清楚楚。

　　只见左边房间有个长得跟晓星一样的男孩趴在地上，把晓星心爱的飞机、汽车模型拆得一塌糊涂；右边房间摆了一地的衣服，有个和晓晴一样相貌的女孩，将一条粉红裙子在身上美滋滋地比着。

　　"哪里来的小妖，竟敢动我最喜欢的模型！"晓星挥剑冲了进去。

　　"哪里来的妖女，竟敢动我的衣柜！"晓晴气急败坏

地直奔进房间。

不好了，打起来了！

小岚大喊一声："晓晴、晓星，小云、小吉，你们全给我住手！"

四个混战着的人一听都愣了，原先在房间里的人狂呼着跑了出来："小岚姐姐，是你呀！"

"小岚，我们找得你好惨啊！"

不出小岚所料，他们果然是和小岚穿越时空回到现代时失散了的小云和小吉。

"小云、小吉！"

"小岚！"

"小岚姐姐，可找到你了！"

三个人大呼小叫的，高兴得抱作一团。

周家四口，莫名其妙地站在一边，不知怎么回事。

久别重逢，三个好朋友兴奋得又跳又叫足足嚷了几分钟才停下来，小岚对晓晴和晓星说："你们记不记得，我曾跟你们说过，我穿越时空去宋代时，举目无亲，幸得两个跟你们长得很像的男孩女孩相助……"

"听过。"晓星大喊一声，"啊！莫非他们就是小云、小吉？"

"对！"小岚点头说。

晓星跑到小吉身边，一把拉起他的手："小吉，对不起对不起，刚才有没有弄痛你？原来你们就是在宋朝帮助小岚姐姐的人。"

"没事没事，你那把木剑，就像替我挠痒痒一样。"小吉笑嘻嘻地说，"小岚姐姐说过，她有两个很好的朋友，长得跟我们一个样，原来就是你们！"

晓晴也拉着小云说："小云，对不起啦，刚才把你的头发弄乱了吧？"

小云笑道："不要紧，梳梳就好了。"

晓星和小吉，晓晴和小云，互相牵着手，就像两对孪生孩子。

周家爸爸和周家妈妈在一旁早看傻了，真没想到世界上竟有这样相似的人，而且还是从宋朝来的。

"不是在做梦吧？"周家妈妈悄悄跟周家爸爸说，"你使劲捏我一下。"

周家爸爸真的使劲捏了她一下，捏得她"哎哟"喊了一声。

周家妈妈一脸兴奋，说："痛呢！不是梦，不是梦，是真的！"

他们二人在一边嘀嘀咕咕的时候，几个孩子仍在开心地说着话。小岚问小云、小吉："怎么这样巧，你们竟跑到这里来了，弄得周家伯父和伯母错当你们是晓晴、晓星。"

小吉说："小岚姐姐，说来话长。我们从半空掉下来，落到一处郊野上。当时人生地不熟的，又找不到你，心里可慌啦！没想到碰到一帮去郊游的男孩女孩，他们一见面就冲我叫晓星，叫姐姐晓晴，又问我们身上穿的是不是乌莎努尔的时装，还说他们的旅游车还有位子，就让我们坐上了他们的车，把我们送到这里来了。"

"说来也巧，一下车就碰见这个漂亮婶婶……"小云指了指周家妈妈，"她搂着我们叫女儿、儿子、心肝宝贝，又二话不说把我们带回家。我们正愁没地方落脚，就将错就错，留了下来。叔叔、婶婶，对不起啊！"

周家爸爸忙说："不要紧不要紧。如果我们知道你们从宋代来，举目无亲，即使不认识也会帮忙的。何况，你们还是小岚的朋友呢！"

周家妈妈也说："对啊，你们跟我们女儿、儿子长得那么像，说不定我们真有亲戚关系呢！"

小云说："听爹爹说，我们家祖上原姓姬，唐玄宗李

隆基登位之后，因'姬'跟他名字中的'基'字同音，他便下诏改天下的姬姓为周姓。从此，我们就改姓周了。"

"啊，太巧了，我们祖上也是姓姬的呢！"周家爸爸一拍大腿，对周家妈妈说，"我们去查查族谱，看看我们有没有叫周小云、周小吉的祖先。"

两老兴致勃勃地查族谱去了。

小岚问道："小云、小吉，周伯母说，你们不知从哪里弄来了两袋子钞票，究竟是怎么回事？你们不是真的去抢银行了吧？"

小吉说："小岚姐姐，是这样的。前两天，我们路过一间古董店，便进去瞧了瞧。我随手在布袋里拿了一个战国时的青铜戈给他们估价，没想到，那店里的老伯伯一见就爱不释手，一定要我卖给他。这东西，我爹爹多着呢，我就答应了。也真没想到，一个青铜戈能换两大袋钱，我们一路拿回来，腰酸背痛的，半路上都差点想扔了。也不知那是多少钱，反正叔叔和婶婶一见，就脸色发青。我们说送给他们，他们也不肯收。"

小吉边说，边从床底下拉出两个旅行袋，拉开一看，里面装满了五百元纸币，把小岚他们都看呆了。

小岚说："这么多来历不明的钱，他们肯定不会收

了。这样吧，等有时间，我们一起送去孤儿院，送给那些没父没母的孩子好了。"

"晓晴，晓星！"这时，周家爸爸和周家妈妈从楼下跑上来，一边跑一边叫，好像发生了什么惊天大事。

周家爸爸拿着一本陈旧的本子（应该就是他们刚才说的族谱吧），用手指着打开的一页，激动地说："你们快来看，原来小吉真是我们周家的祖宗呢！"

大家"哄"一下都围了上去。

果然，族谱上写着："第四十二代，周伟，生子周小吉。"

小云说："怎么没有写我的名字？"

周家爸爸说："以前女子没有地位，所以不能写入族谱。直到最近五十年，才开始破例，把女子也写上去了……"

晓星说："你们是四十三代，我们是八十九代，那你们岂不是我们的老祖宗？"

小吉得意地说："对呀对呀，我和姐姐都是你们的长辈呢！你们以后就叫我们……小吉祖宗、小云祖宗吧！"

"啊！"晓星嘟着嘴，"我们一样大，凭什么要喊你们祖宗。"

周家爸爸说："要的要的，你们要尊敬长辈，快叫小吉祖宗、小云祖宗。"

晓晴和晓星无奈地照做了，但心里着实别扭。

小岚在一旁直乐。

周家爸爸和周家妈妈倒是蛮开心的，两人急急忙忙穿好衣服提着环保袋出门，说是要去街市买菜，今晚做一顿好吃的晚餐孝敬两位老祖宗。

第 *6* 章
玉玺上的小龟

小吉荣升老祖宗，十分得意，他拿出大布袋，把里面的东西全倒在床上，说要挑几样送给第八十九代的两个乖孙孙。

骨碌碌，一块方圆四寸的玉滚了出来，小岚眼尖，一手拿起，只见上面五龙盘踞，正面刻有"受命于天，既寿永昌"八个篆字，天哪，正是秦始皇的传国玉玺！

晓晴和晓星也看见了，晓晴吃惊地说："啊，展览馆的传国玉玺失窃，原来是你们拿了！你们好大胆，不知道偷窃文物是要坐牢的吗？"

"偷窃文物？！"小云、小吉似乎都大吃一惊，"没

有啊，我们没偷啊！"

"没偷？那这玉玺是从哪里来的？"晓星有点幸灾乐祸的样子，"长辈也偷东西，太丢人了。看来，我不可以再叫你们小吉祖宗和小云祖宗了。"

"没有啦！"小吉一顿脚，气呼呼地说，"这玉玺是假的，是我从爹爹那里拿来玩的，一直放在大布袋里！"

小云也着急地说："是呀，这玉玺是我家的。父亲花钱买回来，后来发现是假的，就扔一边了，小吉看见，就拿来当镇纸用。"

晓晴细细地端详着玉玺，说："这玉这么精美，又跟传说中的玉玺一模一样，你说是假的，有谁相信。"

小岚一直没吭声。一开始，她以为是小吉调皮，把玉玺偷来玩儿。但看见他们两姐弟委屈的样子，又实在不像是说谎。而且，民间的确有许多假玉玺在流传，有的仿真度还挺高呢！

小岚说："我相信小云、小吉。如果真的是他们偷来玩了，肯定会承认，不会编造谎言来骗我们的。"

小云、小吉一听可高兴了，小吉朝晓星哼了一声："你看，小岚姐姐就是个明事理的人。还说是我们的子孙后代呢，竟污蔑我们偷东西，太对不起我们了！"

小岚说："小吉，其实你们也很对不起晓晴、晓星呢！"

小云很惊讶："啊，小岚你为什么这样说？我们到底做了什么对不起他们的事了？"

小吉也委屈地说："是呀，我们顶多用了几天他们的身份而已！"

小岚说："你们在展览馆里古古怪怪的，全被拍摄下来了。大家都误会是晓晴、晓星呢，把他们列作重大嫌疑犯了。"

晓晴、晓星大吃一惊，一起喊道："什么，我们成了偷玉玺的嫌疑犯？！"

小岚掏出U盘，往桌上的电脑上一插。

很快有画面了，只见小云和小吉在人群里钻来钻去，东看看，西看看。小吉更是夸张，爬上爬下，又是放大镜又是高倍望远镜的朝那玉玺看，的确令人觉得形迹可疑。

晓晴、晓星可不依不饶了。晓晴说："我说你们干什么呀，在那里鬼鬼祟祟的，看上去真有作案倾向呢！"

晓星更是生气，他说："我们一向行为良好，这下好了，你们害我们没脸见人了。还是老祖宗呢，不保佑子孙就算了，还害人！"

　　"什么作案倾向？"小吉很不服气，"我只是想看仔细一点，看看那玉玺是真的还是假的嘛。"

　　晓晴一脸不相信的样子："啊，你能辨别玉玺真假？香港有关方面都要到北京请最资深的专家来鉴别呢。你可真会吹牛皮啊！"

　　小吉着急地说："没有啦！我没有吹牛皮，因为爹爹告诉过我，真的传国玉玺有一个显著的特征。"

　　晓星一听就抢着说："嘿，这个谁不知道啊！小岚姐姐讲过，传国玉玺的一个角是补过的！西汉王莽篡权时，曾向当时的太皇太后王政君索取传国玉玺，王政君非常愤怒，一把将玉玺摔到地上，传国玉玺因而碎了一角，后来是用黄金把缺角补上的。"

　　小吉说："我说的特征不是这个，而是玉玺上被人用刀刻了一只小龟。"

　　小岚眼睛睁得圆溜溜的，太匪夷所思了。她看过许多有关传国玉玺的资料，都是说上面刻着字，刻着龙，从没有说玉玺上刻了一只小龟的。

　　小云看到小岚不相信的眼神，忙解释说："小岚，小吉说的是真的。知道这个秘密的人还真不多。我们家有位祖先，在后唐当过太子太傅。有一次，他亲眼见到后唐皇

帝李从珂的小儿子，即雍王李理美溜入御书房，把放在案上的玉玺拿来玩，后来还拿出小刀，在玉玺一侧刻了一只小小的龟。损坏玉玺，可是杀头的大罪啊，我们那位祖先怕惹祸上身，一直不敢声张。可能那只小龟太细微了吧，皇帝竟也一直未有发觉。后来，后唐被灭，皇帝自焚，玉玺也失踪了，所以，除了我们那位祖先，再没有人知道玉玺被刻上了小龟这回事。这个秘密还是我爷爷临去世时告诉爹爹的，当时我和小吉都在场，所以也知道了。"

小吉说："是呀是呀！当我们听到挖出了传国玉玺的消息后，很想知道真假，于是就带着望远镜、放大镜跑去了。"

小岚说："那你们检验的结果怎样，有发现上面的小龟吗？"

小吉懊恼地说："没看清啊！距离太远了，根本没法看清……真倒霉啊，没想到还被人拍下来了，说我们想偷玉玺。"

小云说："我觉得不公平，捉贼也要拿赃啊！我们光是看而已，凭什么说我们偷了玉玺？"

"录像还有后续呢！"小岚用鼠标在电脑屏幕上点击了几下，画面上又出现了另一段录像，那正是两个黑影掠

过、灯灭、玉玺失踪的情景。

大家看得目瞪口呆。

小云懊恼地说："两个黑影！天哪，这下真是百口莫辩了。"

小岚说："现在，警方已经把小云、小吉列为嫌疑犯，不，是把晓晴、晓星列为嫌疑犯了。"

小吉一拍胸口，说："好汉做事好汉当，我跟姐姐去衙门自首，说在展览馆里的是我和姐姐。"

小岚说："不行！你们没有香港身份证，警方会把你们当成非法入境者的。非法入境也是一条罪，那时即使洗脱了盗窃罪，你们还是逃脱不了非法入境罪的。"

小云说："那我们可以说，我们是宋朝人，没有证件。"

小岚说："那麻烦就更大了。或者，没有人相信，你们会被当成精神病患者关进疯人院；或者，有人信了，但你们马上会被视作千年怪人，送进研究所，被许多人参观，被许多人研究，被许多人……"

小云和小吉仿佛已经被关在笼子里让人参观了，他们吓得尖叫起来："啊，我不要，我不要！"

晓晴姐弟俩见小云、小吉竟肯主动承担责任，替他

们洗脱罪名，都很感动，马上来安慰他们。晓星还拍拍胸口，说："你们别担心，'我不入地狱，谁入地狱'，大不了我和姐姐承担下来好了。我们绝对不会让你们被人当疯子看的。"

小云和小吉好感动啊！于是四个人抱在一起，"好乖孙、好祖宗"地嚷嚷着。

"好啦好啦，停停停！"小岚急忙叫停，"你们祖慈孙孝，以后有的是时间共聚天伦。目前我们要赶快抓到盗玺大贼，找回玉玺，同时替晓晴、晓星洗脱嫌疑。"

小吉说："对，抓到大贼，找回玉玺，洗脱嫌疑！"

那四祖孙一起举起拳头，齐声喊道："抓到大贼，找回玉玺，洗脱嫌疑！"

第7章
是谁破解了"铜墙铁壁"？

这案子该如何破呢？唯一线索就是那段录像了。

小岚又把第二段录像放了一遍。大家看见：展览厅、玉玺，玉玺周围交织着的千万条蓝线就像覆盖着一张精密细致的网……

小岚按下暂停，指着保护玉玺的蓝网说："这蓝网俗称'铜墙铁壁'，是目前世界上最完美的防护系统，每到晚上闭馆后就会自行启动。余馆长说过，这'铜墙铁壁'一启动，别说是人，连小蚊子也无法穿过……"

"哇，你们这个时代的东西好厉害啊！比我们那个年代传说的'魔罩'还要神奇呢！"小吉眼睛骨碌碌地转着，"但如果这样的话，贼人是用什么办法穿过'铜墙铁壁'，把玉玺偷走的呢？"

"根本没有人能通过。"小岚又按下按钮，说，"你们继续看下面。"

屏幕上，卷进两个黑影，几乎同一瞬间，灯灭了，蓝网也不见了，屏幕上一片黑暗。黑暗大约持续了五六秒钟，就恢复了光明，只是，画面上没有了人影，没有了玉玺。

"啊，我明白了！"晓星大声说，"没有人通过'铜墙铁壁'！是有人趁停电时，'铜墙铁壁'失效的那五六秒时间里，把玉玺拿走的！"

"聪明！"小岚朝晓星竖了竖大拇指，"现在要继续考虑的问题是，为什么会突然停电。"

晓晴举手发言："我知道！那贼还有第三个同伙，第三个同伙在约好的时间里关上电闸，让'铜墙铁壁'失灵……"

小岚摇摇头："不会。据介绍，'铜墙铁壁'有三个备用发电机，如果停电，在零点零零零一秒的时间内就会重新送电，所以，绝对不会发生停电五六秒的情况。"

小云和小吉只是困惑地听着，无法插嘴，因为对于他

们来说，什么"发电、送电"，什么"发电机、电闸"，都闻所未闻，不知是什么玩意儿。

小岚想了想，又将第二段录像放了一遍，当那两个黑影闪进镜头时，她猛地按下暂停键。她指着黑影闪过时带着的一团强烈的光，说："你们快来仔细看看！在什么时候见过这样强的光？"

晓晴、晓星，还有小云、小吉，全都凑上来了。他们不约而同地喊了起来："啊，在穿越时空的时候见过！"

他们全都有过穿越时空的经历。没错，每当启动时空器，回到过去或未来时，都有一股强光裹着身体……

小吉失声大叫："难道，那两个贼是穿越时空来到这里的？"

有可能啊！

晓星抢着说："对啊对啊！他们穿越时空来到这里时，刚好掉到展览馆里了，他们带着的强光破解了'铜墙铁壁'，于是他们就拿走了传国玉玺。"

但是，说是两个来自过去或未来的人偷走了传国玉玺，这简直是天方夜谭啊！

谁会相信！

只有找到这两个人，寻回传国玉玺，才能还晓晴、晓

星一个清白。

可这两个人是谁？该上哪里去找他们呢？

五个人对着录像里两个模糊的影子，远看近看，左看右看，也没能看清他们是长脸方脸，大眼小眼，高鼻扁鼻……甚至是男人女人都看不出来。

好郁闷啊！即使是周家爸爸、周家妈妈使出浑身解数做的一桌子好菜，都没能令他们胃口大开。弄得不知情的两人还以为自己厨艺不佳频频自我检讨。

吃完晚饭，周家妈妈叫晓晴、晓星帮忙收拾碗筷，而周家爸爸就端出水果，殷勤地请小岚和小云、小吉吃。

"为什么……"晓星眼巴巴地看着小吉他们舒舒服服地坐着吃东西，而自己却要做家务，大叫不公平。

"不嘛！"晓晴也在噘嘴。

"哎呀，真不懂事！"周家妈妈耳提面命，好好地教育了他们一番："小云、小吉是老祖宗，做儿孙的当然要孝敬他们；小岚是客人，又是一国之公主，就更要当上宾看待了。"并勒令晓晴、晓星洗碗，然后扫地，不得"上诉"。

晓晴、晓星只好屈从了。好在小岚给他们留了两个又大又红的苹果，还帮他们削好了皮，他们的气儿才稍微顺

了点。

晚饭后不久，周家爸爸和周家妈妈就离开了别墅。他们夫妻俩共同经营着一家公司，挺忙的。因为小云、小吉捣蛋的关系，他们已经多天没回去处理业务了，为了方便明天一早回公司，所以今晚就回市区的家住。

他们临走时给晓晴、晓星留下一大堆叮嘱，要尊敬老祖宗啦，要照顾好客人啦，在长辈面前要"行有行相，坐有坐相"啦……弄得晓晴、晓星哈欠连天。

随着"砰"一下关门声，两人终于走了。

一直埋头看《香港晚报》的小岚突然"哎"了一声，像是读到了什么奇特的新闻，引得另外四个人都伸长脖子凑近去看。

小岚指着一则新闻，只见那大标题写着：

晨练老人胡乱报案　蜀道山何来古装人

本报讯：今晨七点，蜀道山警署接到电话报案，有一名老人声称自己在蜀道山爬山时，看到两名古装男子在龟背地打斗，状甚激烈。警署派两名警员前往该处，却未有发现。初步估计是报案者年老眼花出现幻觉。警署记录在案，但并未继续追查。

等大家看完，小岚说："你们想想，如果那位老人并

不是出现幻觉，而是真有其事……"

晓星抢着说："我知道，我知道！"

小岚指指他："说说看。"

晓星大声说："有两个原因。一是电影公司拍电影，二是……"

他刚想说下去，被晓晴抢先了："我明白了！如果真有这样的两个人……我们不是估计拿走传国玉玺的那两个人是穿越时空来的吗？如果他们来自古代，就肯定会穿着古装，那这两个人会不会就是……"

小岚拍拍晓晴的肩膀："晓晴说得对！蜀道山上打斗的两个人，有可能就是我们要找的盗玺大贼！他们盗走玉玺之后，出于某种原因引致不和，所以打了起来。"

小云、小吉都十分兴奋："找到盗贼，就可以替我们洗脱嫌疑了。这真是太好了！晓晴，你真是太聪明了！"

晓星的嘴噘得差不多可以挂个瓶子，他委屈地说："没天理！我本来想说的第二个原因，就是姐姐说的这个嘛……"

小岚说："好啦好啦，就算是你俩的功劳吧！"

晓星马上笑得眼睛眯成了一条缝："嘻嘻！"

第 8 章
寻找古装人

　　昨晚临睡前明明说好，今天六点钟就起床去蜀道山寻找古装人。但是七点都早过了，周家别墅里还是静悄悄的。

　　除了晓晴跟晓星住自己的房间以外，小岚、小云和小吉各住了一间小客房。大家都互不干扰，各做各的好梦。

　　这天，还是小岚最先醒了，她一看墙上挂钟已是八点差一刻，慌忙蹦下地，在走廊大喊起来："起床啦！"

　　没有人响应。做梦的仍做梦，打呼噜的仍打呼噜，流口水的仍流口水……

"失火啦！"小岚气呼呼地大喊一声。

"呼啦"一下，那四个人慌慌张张地跑到了小岚面前，"啊，哪里失火？！哪里失火？！"

一见小岚得意的样子，小吉说："哦，是小岚姐姐骗我们！"

"这不叫骗，这叫计谋！"小岚挥手说，"我们已经起晚了，得争取时间，半小时内出门。"

晓晴表示反对："半小时，不行！我化妆都得半个小时，还得刷牙洗脸吃早餐呢！"

"对，时间不够！"小云点头表示赞同。

"早餐随便吃点饼干算了，带点东西路上吃。"小岚用一副没商量的口吻，"要不半小时内出门，要不你们俩别去了，我跟晓星、小吉去。"

寻找古装人，破盗窃大案，这么好玩刺激的事，岂能错过？晓晴、小云二话不说，跑回房间准备了。

小岚是最早穿戴整齐来到客厅的，其次是小吉和晓星。

小吉和晓星各背着一个胀鼓鼓的背囊，看样子好像去露营似的。

小岚吃了一惊："你们干什么呀，以为去玩儿呀？背

那么多东西。"

晓星说："你不是说带点东西路上吃吗？"

"这叫'点'啊？"小岚好奇地问，"你们都带了些什么？"

晓星说："饼干、巧克力、香肠、面包、薯片、口香糖、汽水……"

小岚听得都愣了。

没想到小吉又说："我这里还有啦！你看，苹果、橙子、香蕉、桃子、菠萝，还有虽然臭但是很好吃的榴莲！"

天呀，这祖孙俩怎么连贪吃的性格都那样像！

简直把一个小卖部都背到肩上了。

小吉最后掏出一捆绳子。小岚很奇怪，问："你带绳子做什么？"

小吉说："李白不是说过，'蜀道之难，难于上青天'吗？我们上蜀道找人，遇到难走的路时，可以把绳子绑在树上作扶手用！"

"哈哈哈……"晓星笑弯了腰，"香港的蜀道山跟李白说的蜀道，风马牛不相及呢！"

小吉觉得身为老祖宗遭后辈嘲笑，有点下不了台，便

噘着嘴，一把将绳子塞进背囊，说：“不管是什么山，反正有条绳子会安全很多。要不，等会儿抓到盗玺大贼，用来捆绑他们好啦！”

这时候，晓晴和小云也下楼来了，她们倒是两手空空的。

只是看得出她们都刻意打扮过。小云在宋代时眼馋小岚的T恤牛仔裤，现在总算是过足瘾了。晓晴的牛仔裤出名得多，黑的蓝的灰的白的阔脚的窄脚的吊脚的……应有尽有。小云拿来穿，天天不同款，美得她老是对着镜子照呀照的。看，她今天穿的是一条黑色的窄脚牛仔裤，配上短身T恤、黑色运动鞋，显得身段很修长、人又利索呢！

晓晴却穿得像去约会——窄身T恤小短裙，白色便鞋。小岚一看就皱眉头：“我说周大小姐，你穿成这样准备给谁看啊？今天是要准备走山路的呢！”

“我知道是走山路啊！”晓晴做了个装可爱的动作，“那两个古装人，说不定是大帅哥呢！我可不想到时给他们留下坏印象。”

“我也是！”小云在一边点着头。

这两个人，没救了。小岚真是哭笑不得。

小岚打电话叫来的车子已经停在门口，五个人上了

车，小岚吩咐司机向蜀道山驶去。

晓星像椅子有针一样，坐不安稳，还埋怨道："还是劳斯莱斯坐得舒服。小岚姐姐，你怎么不叫特首叔叔派车来呢？"

小岚说："算了吧，寻找古装人一事得秘密进行。本来就没人相信有这回事，如果知道我们把玉玺失窃跟这事联系起来，还大老远跑去蜀道山找人，不把我们当傻瓜才怪呢！"

晓星用力地点了点头，说："那也是，只有我们这样的天才，才想得出这其中的玄机。"

车子开了差不多一个小时，才到达蜀道山脚，开始沿着一条公路往上开，又走了十多分钟，最后在一个烧烤场的旁边停下来。司机说："车子不能再往上开了，你们想去龟背地的话，可以沿着前面那条小路一直往前走。"

下了车，一行人找到了司机说的那条路，开始往龟背地走去。小岚边走边看着手机上的卫星地图，大约走了一个小时，她停了下来，观察了一下周围地形，又比对着卫星地图，然后笑着说："这里应该就是龟背地了。"

"龟背地"原来就是半山腰旁边一块大约五六百平方米的平地，那块地的地面全是石头，上面有自然形成的凹

凸不平的图案，乍看上去还真有点像乌龟背上的花纹呢！

小岚说："大家分头找找，有没有古装人在此打斗或者停留的痕迹。"

晓星说："我们有五个人，可以作地毯式搜索。"

小吉说："什么叫地毯式搜索？"

"连地毯式搜索都不知道！"晓星很高兴看到"老祖宗"的无知。

小岚白他一眼："晓星，小吉是宋代人，哪懂这些现代名词呢！"

小岚又吩咐大家成横排列队，一边向前走，一边仔细察看地面情况。

大约走了几分钟，晓星突然大喊起来："快来看啊！"

大家跑到晓星跟前，发现地上的一丛小草被齐刷刷地削去了一截。

小吉蹲下去，凑近瞧瞧，惊讶地说："哇，削去小草的刀一定很锋利，你们看，切口好整齐啊！"

小岚点点头，说："大家继续搜索。"

一行五人又继续排成一列，慢慢朝前走。

小吉又发现什么了，喊了起来："你们来看，这石头

上的划痕！"

大家又"哄"一声涌过去。

顺着小吉的手，大家看到一块坚硬的石头上，被什么利器划了一条深深的划痕。那划痕足足深入石头一厘米，可以想象那把利器一定十分锋利，而且持利器的人一定力大无穷。

大家还留意到，那划痕是新的。

小岚说："可以肯定，曾经有人使用刀或剑在此打斗过，那位老伯伯并没有眼花。"

小云说："那我们赶紧想办法找到这两个人。"

晓晴搂住小云的肩膀说："小云说得对，找到这两个人，才能确定他们是否来自过去，是否跟失窃案有关。"

小岚说："如果这两个人真的来自古代，他们人生地不熟的，肯定还在附近，说不定就匿藏在这大山里。"

晓星说："那我们搜山好了，不管他们藏在哪里，都要把他们找出来。"

小岚皱了皱眉头："蜀道山那么大，我们才五个人，怎么搜？"

晓星说："我们请特首叔叔帮忙吧！"

"也只能这样了。但是，我得想想怎样跟特首叔叔说。"小岚说，"大家也累了吧，坐下来休息一会儿，吃点东西。"

"好啊好啊！"晓星和小吉马上响应。

背囊里的食物，刚才在车上已经被"消灭"了一些，但还剩很多呢！小吉和晓星两个馋猫早就想"继续作战"，把东西"全部歼灭"了。

这俩家伙可真海量，他们一直是这场"歼灭战"的主力，不一会儿，两个背囊便变得瘪瘪的啦。

小吉和晓星说吃得太饱需要躺一会儿，小云和晓晴说走得太累需要坐一会儿，四个人便懒洋洋地躺在一块大石板上，踢都踢不动。

"懒鬼！"小岚骂了一声，但想到他们昨晚睡得太少，刚才又走得太累，也就不再吭声了，让他们休息一会儿吧！

忽然小岚听到鼾声大作，扭头一看，那四个家伙竟然都睡着了，晓星还打起了呼噜。

小岚叉着腰皱着眉，在他们面前气呼呼地站了一会儿，到底没忍心叫醒他们。好吧，就让他们睡十分钟，十分钟之后，就一个个揪起来。

　　小岚信步向前走着，一边走一边仔细地观察，希望能再找到一点蛛丝马迹，走着走着，不觉来到了山崖边上。

　　山崖边有齐腰高的铁栏护着，小岚不担心会掉下去，便往山崖边再走近了些，好观察一下山崖底的情况。

　　突然小岚脚下一滑。她当时并不慌，心想反正有铁栏挡着呢，殊不知……

　　她还没来得及叫喊，就像只断线风筝般往山崖下掉去。原来她站的地方，铁栏已被毁坏，只是被一些攀爬植物挡住了。

　　下跌速度之快，令小岚感到眩晕，她无法控制自己，只好听天由命。

　　半昏迷之际，忽觉有人轻轻把她接住。

第 *9* 章
两千年侠客再现

　　小岚醒过来时，发现自己躺在一堆软软的草上。一个长发披肩的人，正趴在地上，用嘴使劲去吹面前一堆冒着烟的树枝，显然是想用树枝生火。

　　崖底光线很暗，加上那人的脸被长发遮住，看不清脸孔，但从他的高身材、大大的骨架子，可以看出是一名男子。

　　小岚望着那起码有十几米高的崖顶，想起了刚才坠崖的事，想起快坠地时有人把她接住，心里明白，眼前这人一定是救自己的人。

　　"先生！"小岚喊了一声。

那人蓦地抬起头，眼里露出惊喜。他扔下树枝，扑到小岚面前："你醒啦，谢天谢地！"

他边喊边执起小岚一只手，紧紧握着，那眼里流露出的激动和关爱，令小岚很是错愕。

"你……"她正想请他放开手，但这时树枝突然"哄"一声燃着了，透过火光小岚看清了眼前的人。

一头披散着的长发，一身古人穿的阔袍大袖衣裳，方脸庞配上丹凤眼、卧蚕眉，鼻直口方，不折不扣一个古代汉子。

古装人！

小岚甩开那人的手，一骨碌坐了起来。

那人愣愣地看着小岚，显得一脸悲伤："你不记得我了？你竟然不记得我了？"

"我们认识吗？"小岚被那人的神情和说的话弄糊涂了，心里不禁蓦地冒出个念头，"莫非这人是个疯子？"

蜀道山出现两个打斗的古装人，除了演戏，除了是穿越时空来的人，其实还有一个可能，那就是精神病患者，穿着不知从哪里弄来的戏服满山乱窜。

想到这里，她不禁觉得背脊有点凉飕飕的。

望望四周，渺无人迹，如果这人真是疯子，那就麻烦了。

"公主，你怎会不记得我？我在燕国等你等得好苦，我一直推延刺秦王的时间，就是想要再见你一面……"

"刺秦王？"小岚大吃一惊，"荆轲刺秦王"那脍炙人口的历史故事霎时涌上心头，莫非……

"难道……你是……你是荆轲？"小岚问这话时，连她自己都觉得有点疯狂。

因为，荆轲早就在两千多年前那个悲壮的日子，刺秦失败后被杀了。

"公主，你记得我了？你终于记得我了！我就是荆轲，我就是荆轲啊！"那人欣喜若狂，他似乎想抓住小岚的手，但他马上被小岚脸上的震惊吓住了。

小岚哪能不惊，一个已死于公元前227年某一天的人，怎会活生生地出现在她面前呢？

几乎所有中国人都认识荆轲，都知道两千多年前那个悲壮的故事——

战国时期，秦国相继灭掉了韩国和赵国，之后挥军直指燕国。燕太子丹知道以自己国家的兵力，实难抵抗秦国大军，便请求当时著名的刺客荆轲前往咸阳暗杀秦王。荆轲为人侠义，不忍燕国人民再受战火蹂躏，便一口答应

了。他准备扮成燕国使者前去拜见秦王，伺机行刺。

荆轲出发那天，许多人在易水边为他送行，场面十分悲壮。因为，荆轲即将踏上的是一条不归路，不论刺秦王成功与否，他都肯定不能活着走出咸阳宫。"风萧萧兮易水寒，壮士一去兮不复还"，这是荆轲在告别朋友们的时候，慷慨吟唱的诗句。

荆轲没能完成他的使命，事隔不久，便有消息传出，荆轲刺秦王未遂，反被秦王杀死，一腔热血洒在咸阳殿上。

荆轲为抗强暴不惜抛头颅洒热血，其侠义的故事流传于世，两千多年来为中国人所称颂，在人们心目中，他是一位顶天立地的大英雄……

"你真的是荆轲？"小岚仍不敢相信。

"是呀，你仔细看看，我就是荆轲呀！"荆轲坐直了身子。

小岚说："你刺秦王不成，不是已经……"

"你以为我死了吗？公主，真对不起，令你担心了，真对不起！"看着那铁汉子眼里流露出的如水柔情，小岚心里不禁涌出一股深深的感动。

小岚也很想弄清那个流传了两千多年的故事，结局是否真的有误，便问道："你到达秦国之后，究竟发生了什

么事？请告诉我。"

"是，公主！"荆轲开始述说自己的遭遇，"那天，在易水河边，我告别了太子丹等朋友，和助手秦舞阳一起，带上那把锋利无比的'徐夫人匕首'以及价值千金的礼物，按计划去咸阳，找到了秦王的宠臣蒙嘉。我把礼物送给蒙嘉，请蒙嘉转告秦王：燕王畏惧秦王的威势，不敢发兵和秦王对抗，情愿让国人做秦国的臣民，和各方诸侯同列。因为燕王非常害怕秦王威仪，不敢亲自前来拜见，特地派使者来献上燕国督亢的地图以及樊於期的人头，以表示愿意称臣之意。

"秦王听了这番话后十分高兴，因为樊於期是他一直悬重赏要杀的人；而督亢素有'粮仓基地'之名，是燕国最富饶的地方，得了督亢，他的军队就有了粮饷，就可以所向披靡了，于是答应接见。

"那天，秦王在咸阳宫接见我和秦舞阳。秦王以为可以不费一兵一卒就能收服燕国，心里得意，所以也没加提防，让我一个人上前献地图。我取出卷成一卷的地图，放在秦王面前的案上慢慢展开。当地图完全展开时，藏在里面的匕首露了出来，说时迟那时快，我左手拉住秦王的衣袖，右手抓过匕首就刺向秦王。唉，可惜啊，由于我不

惯用短刀，竟然没能刺中。秦王抽身而起，挣断衣袖。我可不能放过他，于是在后面紧追不放，秦王狼狈地绕着柱子逃跑。当时殿上虽然有很多大臣，但按照秦国的法律，他们是不得携带任何兵器的，而守卫宫禁的侍卫虽然带着武器，但都站在殿外，没有秦王的命令不能上殿。所以我当时无人可以阻挡，直奔秦王。就在我快要追上秦王时，殿上有大臣大声喊道：'大王，快抽出你身上佩剑！'这下提醒了秦王，他一下把剑拔了出来，返身向我扑来。我持的是匕首，秦王持的是长剑，我很明显地处于下风，竟一下被他刺中左腿。我一下站不稳，跌在地上。秦王挥剑，劈头盖脸向我刺来。我心想，这下必死无疑了。但我并不害怕，我答应了刺秦，就没有打算活着回去，只是觉得暴君未除，心中悲愤难当。这时，我脑子里生出一股强烈的求生愿望，秦王未除，我不能死！但来不及改变什么了，秦王的利剑离我的脸只有半寸之遥。没想到，这瞬间奇怪的事情发生了，不知从哪里落下一股强光，那股强光猛地把我罩住，秦王的剑竟刺不到我身上。接着强光把我卷起，我只觉得自己的身体不断旋转着，掉向一个无底深洞。直到掉落地面，我才发现自己已经不在秦王的大殿上，而是在一间古怪的屋子里……"

原来是这样！那为什么一直流传下来的故事，都是说他已经被秦王杀死了呢？

小岚心想：也不奇怪，戒备森严的咸阳宫竟然被刺客闯入，威严的秦王被追得满大殿逃窜，如果最后竟然让刺客逃走了，那大秦的颜面何在，秦王的威仪何在？所以，对外宣称荆轲已死在秦王剑下，那是事件最好的结局。

小岚一脸激动地看着荆轲。自小，父亲就跟她讲过许多侠客故事，其中荆轲的故事是最令她动容的，她深为荆轲视死如归的豪侠气概所感动。有一次，她跟父母去看话剧《易水送荆轲》，听荆轲唱着"风萧萧兮易水寒，壮士一去兮不复还"的诗句，看到荆轲坐着马车，义无反顾地向着那条必死的路而去时，竟泪流满面，哭得稀里哗啦。没想到，这位令她敬仰的侠客竟出现在自己面前，简直是做梦都没想过的事。

小岚看着荆轲，说："我可以叫你荆轲大哥吗？"

"当然可以啊，你从来都是喊我荆轲大哥的呀！"荆轲用焦虑的眼神看着小岚，说，"公主，你怎么连这都不记得了？但值得告慰的是，你终于找我来了，你也是被强光带到这里来的吗？"

荆轲一直叫小岚为"公主"，一直说等她等得好苦，

莫非……

小岚记得，《史记》里，提到荆轲一直迟迟不肯起行前往刺秦，他说还要等一个人。这一等便等了五个月，直到太子丹一催再催，他才无奈地出发了。

他要等的人是谁？有人猜是侠客盖聂，有人猜是琴师高渐离，但又都被人否定了。结果，这事成了千古之谜。

莫非他要等的就是他口中的"公主"？

小岚试探着问："荆轲大哥，你一直迟迟不起行，说要等一个人，难道这人就是……"

荆轲显然十分激动："这个人，就是你！我们约好在易水河边见面，你怎么迟迟不来？我好担心，担心你在秦兵入侵时遇害了。太子丹又一催再催，我不得不起行。你怪我吗？幸好上天怜悯，让我在这里见到你！"

谜底终于揭开，原来，荆轲当年要等的人，竟是他深爱着的一个女子——荆轲口中的公主。

荆轲拉着小岚的手："但是请你原谅，我去刺秦，既是为朋友，为天下百姓，也是为你。你本是堂堂赵国的银月公主，因为秦国的入侵，国破家亡。我杀秦王，也是想为你报仇。可惜出师未捷，没杀掉那暴君！"

小岚心想，也幸亏你没杀掉秦王，秦始皇后来对历史

发展有着重大贡献呢！他统一中国，对中国的强大和安定，起到了重大作用。

但她当然不会说出来，因为要让荆轲明白这一点，不是几句话可以做到的。

这时，她才发现自己的手仍被荆轲紧紧地握住。她思量着得跟荆轲说明白，她并不是他口中的赵国公主银月。

但她实在不想伤害这位侠骨柔肠的剑客，于是小心翼翼地说："荆轲大哥，我不是银月公主，你认错了，我叫小岚，马小岚。"

"公主，天哪，你真的摔坏脑子了吗！你怎么不是银月公主呢？我可以认错天下人，绝不会认错你！我一直把你的画像揣在怀里，每天都看上几遍的呀！"

荆轲说着，从怀里掏出一块软软的布，"哗"一下展开，只见上面画了一个亭亭玉立的古代少女。令小岚吃惊的是，那少女的样子真的很像自己。

怎么天下有那么像的人？难道跟晓星、晓晴一样，这少女是自己的祖先？

难怪荆轲口口声声说自己是银月公主。

这真是一百张嘴也说不清了。

小岚正在无奈，突然听到附近传来一阵怪叫声。

第10章
被绑在树上的皇子

小岚听到怪叫声，惊问："什么人？"

荆轲不屑地说："一个跟我一块儿来到这里的小子。"

小岚这才突然想起自己来蜀道山的目的，忙问："荆轲大哥，你是不是跟那个人一块儿穿越时空来的？"

"啊，那叫穿越时空吗？"荆轲说，"我从半空掉进那怪屋时，几乎撞在那人身上。"

小岚又急忙问："你们有拿走屋子里的东西吗？"

荆轲说："有啊，那家伙顺手偷了一个玉玺。"

啊，果然不出所料！有了玉玺的下落，晓星他们就沉

冤昭雪了!

小岚高兴地问:"那个人呢?"

荆轲拉起小岚的手:"跟我来!"

小岚看见,一个少年被绑在一棵大树上。

小岚吃了一惊:"为什么绑住他? 快把他放了吧!"

"公主,他拿走的原来是秦王的传国玉玺呢! 我好恨啊,见玉玺如见秦王,杀不死秦王,我也要把他的玉玺砸个粉碎,以泄心头之恨。可这小子硬是不给,说玉玺是他家的。秦王的东西,怎么又变成他家的了呢! 分明是不想给我。"荆轲边说边解开绑着少年的草绳。

少年扯下堵住嘴的布条,气呼呼地对小岚嚷道:"他简直是个野蛮人,硬要抢我的玉玺,我不给,他便和我在崖上打起来了,打着打着,一不小心就掉了下来,没法上去了。我骂他害人害己,他就恃强欺人把我绑起来,还堵住我的嘴。"

"谁叫你吵吵嚷嚷的,烦死了。"荆轲朝那少年一瞪眼,少年被他吓着了,不敢再说话。

小岚打量了那少年一下,发现他的装束跟荆轲又有所不同,便问:"这位大哥,你是从哪里来的,叫什么名字?"

那少年听得小岚如此问，马上昂起头，说："我乃后唐皇帝李从珂之子，雍王李理美。"

"啊！"小岚吃了一惊。怪不得他说传国玉玺是他家的，原来他是李从珂之子。

小岚问："传说中，你不是跟你父皇一起自焚了吗？怎么来了这里？"

李理美说："我也奇怪呢！当时叛军人马重重围困皇城，我们已无路可走，父皇不想落入叛军手里，便带着我们上了玄武楼，并亲手在玄武楼放了一把火。当时火光熊熊，我又害怕又难过，心里有一个很强烈的愿望，如果自己能生出一双翅膀就好了，那样就可以背起父皇母后，飞出乱兵的重重包围。正如此想着，忽然一团强光把我包围住，身体不由自主地被卷上半空，晕头转向。落地时，发现自己身在一间屋子里，见到了那个怪人，还见到了传国玉玺。传国玉玺是我家的，我当然要取回，于是便拿走了。"

小岚心想，难道人在危急之际生出的强烈愿望，可以造成瞬间的空间转移？看荆轲是这样，李理美也是如此。不由你不信呢！

小岚又问："那玉玺呢？"

"丢了！"李理美指着荆轲，"都怪他，本来好好

的，我们一起做伴，弄清楚身在何处，想办法回家，我还不知道父皇他们怎样了呢！我得去救他们。但他一听说这玉玺是秦王造的，就像疯了一样，硬要跟我抢，说要砸碎它。这么珍贵的东西，是历代君王用性命保护的呢，他竟要砸碎了，你说我能给他吗？他就把我的双剑抢去一把，跟我打起来。看，打出祸来了。掉下来后玉玺就不见了，一定是掉落在树丛中了。"

这荆轲，也真死心眼，传国玉玺，那是国宝中的国宝啊，幸亏没让他给毁了。

小岚环顾四周，只见除了一棵棵遮天蔽日的大树之外，地上全是齐膝高的杂草，要找回玉玺，并不是一件容易的事呢！看来得尽快通知晓晴他们，让他们来帮忙。

"你们回家的事，稍后再想办法，目前最重要的是要找回玉玺。你们拿走了玉玺，令我的朋友被指为贼，蒙冤受屈呢！"

荆轲大惊："啊，怎会这样？那我们赶快找回玉玺，替你的朋友洗脱嫌疑吧！"

"这么一大片地方，又长满了草，要找东西还真不容易。我要找我的朋友来帮忙。"小岚看了看四周，问道，"这里有路出去吗？"

李理美说："没有。唯一的办法是爬上崖顶，但我作过多次尝试，都上不去。"

没办法，只能放开喉咙喊晓星他们了，但愿他们听得见。小岚使劲地喊了起来："晓星！晓晴！小云！小吉！"

喊了一会儿，上面毫无动静，也难怪，她掉下的地方离晓星他们的歇息处有一段路呢！只是希望他们能沿着那条路来找她，听到她的叫喊。

"我来喊吧！"李理美大喊起来，"喂，上面有人吗？有人就答应一声。"

小岚说："你喊名字。晓星！晓晴！小云！小吉！"

李理美放开嗓子大喊："晓星！晓晴！小云！小吉！"

他嗓门好大，震得小岚耳朵嗡嗡响。怪不得刚才荆轲要把他的嘴堵起来。

喊了好一会儿，没有人应。小岚已经快喊不出声了，大嗓门李理美也开始减低音量了。

突然，听到上面有几个人在讲话：

"好像是下面有人在叫。"

"对，我也听到了！"

"说不定是小岚!"

"是男孩的声音。"

小岚一听高兴得跳起来:"是他们,是我的朋友来了!"

她马上大喊:"喂,我是小岚,我是小岚!"

"太好了!终于找到了!"听到上面的人在欢呼。

"小岚,你等等,我们想办法救你上来。"

听到他们在上面商量办法,小岚突然想起了小吉的那条绳子,忙喊道:"小吉,你那条绳子还在吗?"

小吉回答说:"在在在,我怎么把它忘了呢!对,用绳子把小岚拉上来。哈哈哈,我的绳子多有用啊!来,先把它绑在树上……"

小岚喊道:"我不忙着上去,晓星,小吉,你们能下来吗?"

"啊!下来?小吉,小岚姐姐叫我们下去!"晓星的声音,"小岚姐姐,下去干吗呀?下面发现宝藏了?"

小岚说:"你们先下来,再跟你们说。"

小吉说:"行行行,我们马上下来。"

转眼工夫,小吉抓着绳子滑下来了,接着是晓星。

　　小吉和晓星一见小岚就十分兴奋，抢着说："小岚姐姐，我们到处找你，没想到……"

　　话没说完，他们突然发现了荆轲和李理美，不禁异口同声喊起来："啊，古装人！"

　　晓星马上把小岚护在身后："不许伤害我小岚姐姐！"

　　小吉则气急败坏地嚷："哦，你们好坏，偷走玉玺，又绑架小岚姐姐！"

　　小岚摆了摆手，说："别担心，他们没有绑架我，是我自己不小心掉下来的。拿走玉玺，他们也事出有因。"

　　晓星说："好的，小岚姐姐，我们相信你，先不跟他们算账。那玉玺呢？"

　　小岚把玉玺掉在乱草丛中的事说了。

　　晓星说："好吧，我们还是来个地毯式搜索，我就不信找不到！"

　　五个人排成一列，开始一步一步地搜寻玉玺。地上的野草丛生，要找一个四寸见方的玉玺，真是太难了。找了一个小时，还没找到。

　　大小男子汉们都很有绅士风度，意见空前一致地强迫小岚坐下休息，由他们继续寻找。又过了半小时，随着一

声惊呼,李理美终于在草丛中发现玉玺了。

大家好一阵欢呼雀跃,即使是之前一直十分仇视玉玺的荆轲,也开心得一脸笑容,因为他也不想"银月"的朋友因为玉玺的丢失而蒙冤啊!

荆轲自告奋勇,自己先抓住绳索爬上崖顶,然后把下面的人一个个拉了上去。

第11章
这玉玺是假的

经过大家的团结协作，终于找回玉玺，又全都安全地回到了崖顶。

小岚给朋友们介绍两个古装人。

李理美自从回到崖顶之后，就找了块大石头，稳稳当当地坐着。

小岚知道他挺计较礼数，便首先介绍说："这是李理美大哥。"

李理美也不站起来，只是把两手放在膝上，又挺了挺腰，一脸傲慢，似乎在等各人朝他叩拜。

"李理美？"偏偏那四个人看不惯他那模样，小声嘀咕着，"他是谁？好像没听说历史上有这个人啊！"

这弄得李理美很没面子。他心想，哼，这帮刁民，真是有眼不识泰山！

小岚想笑又忍住了，她说："李理美是后唐的皇子，曾被封为雍王，历史上有过记载。可不许对人家没礼貌啊！"

"王子好！"

"雍王好！"

"理美大哥好！"

一个个话语懒洋洋的，全都缺乏热情！尤其是晓晴、晓星觉得这人挺不顺眼的，王子公主，他们见得多了，摆什么臭架子！

偏偏李理美还不知趣，见到没有预期中的伏地叩拜，竟大喝一声："大胆刁民，竟敢对本王不敬！"

众人先是被他吓了一跳，继而愤怒了，一起声讨起来。

"喂，现在已经是二十一世纪的文明时代了，人人平等，你以为自己是谁呀！"

"把他扔回山崖下面去！"

"什么王子？过气王子罢了！人家小岚还是现任公主

呢，人家可不像你装腔作势！"

这下子，李理美不敢再吱声了，众怒难犯，这个道理他也懂，只是心里仍然气愤。这帮刁民，想造反吗？！

小岚也没管他，又向大家介绍荆轲："这位是荆轲大哥。"

"荆轲？！"马上一片惊呼声。

大家都用惊讶的目光上下打量着这位昂然挺立、满脸严肃的硬汉。荆轲，有谁不知道他？！语文课上也学过那篇古文《荆轲刺秦王——易水诀别》，老师还要求默写呢！现在随口也可以背出来：

> 太子及宾客知其事者，皆白衣冠以送之。至易水上，既祖，取道。高渐离击筑，荆轲和而歌，为变徵之声，士皆垂泪涕泣。又前而为歌曰："风萧萧兮易水寒，壮士一去兮不复还！"复为慷慨羽声，士皆瞋目，发尽上指冠。于是荆轲遂就车而去，终已不顾。

当然，小云和小吉是从父亲口中认识荆轲的。他们父亲周伟，对荆轲的崇拜程度不下于现时的粉丝之于周杰伦、刘德华，所以他的狂热也影响了一双儿女。

"你真是荆轲大哥？"

他们全都涌了上去。

"荆轲大哥好！"

异口同声，声声都充满敬仰。

"荆轲大哥，我喜欢你！"

"荆轲大哥，你是我最佩服的英雄好汉！"

"荆轲大哥，你怎么会来到这里？"

四个热情的小Fans，拉着荆轲，七嘴八舌。

李理美好失落！堂堂皇子，竟不如一个庶民受欢迎、受敬重，这点他怎么也想不明白。

这是什么鬼地方，这是什么愚民百姓。

这位叫小岚的小姑娘倒是个好人。她真是一个公主吗？怎么竟跟这帮"贱民"混在一起？

本王可不能跟他们为伍，我马上就回后唐找父皇母后。

他摸了摸怀中的传国玉玺，心里笃定了些，便跟小岚说："姑娘，我打算现在就回后唐，很高兴认识了你这位朋友。"

小岚错愕地看着他。这家伙说得多轻松，以为回到过去就像去中环或者沙田一样容易？

她问："回去？你怎么回去？"

李理美说："怎么来的，就怎么回去啊！"

小岚说："李大哥，穿越时空不像你想象中那么容易，需要很多外因条件。"

李理美拧着脖子，说："不管怎样我也要试试看，我不可以留在这里！"

他说完，鄙夷地望了那五个"贱民"一眼，便跳上了那块大石头。

他让自己集中精神，想着父皇母后，想着后唐的一切一切，然后大声喊道："我要回后唐！回后唐！"

霎时，所有人都不说话了，全都用奇怪的眼神盯着他。

李理美闭着眼睛等了一会儿，发觉没有他预期中的光团卷来，自己身子也没有升上半空，便又拼命喊道："我要回后唐！快，快让我回后唐！"

"哈哈哈！"小吉和晓星忍不住哈哈大笑起来。

晓星笑得弯着腰："要是像你想的那么容易，那满世界都是穿越时空的人了！"

李理美恼怒地瞪了他们一眼，又大喊："快让我回后唐，我命令……命令……"

他到底没想出要命令谁。

小岚耐心劝说着："李大哥，你听我说，你还是先冷静下来。我们会替你想办法，帮助你返回后唐的。"

李理美怀疑地看着她："你们有办法帮我回后唐？"

小岚点点头说："是。但这事不能急，得从长计议。"

小岚说的是实话，她的那个时空器因为之前去过宋代和清代，电力已经耗尽。此刻它正静静地躺在周家别墅的天台吸收阳光，利用太阳能充电。但何时能充至可以启动，还是未知数呢！

李理美半信半疑，但他愿意相信小岚。

他顺从地跳下大石头。

但对其他人，他仍是排斥的。古代宫廷里的尔虞我诈，为争名夺利，父子、兄弟相残，这令他对任何陌生人都不信任。

从崖下上来，他一直把传国玉玺藏在怀里，用手紧紧捂着。

小岚正在盘算如何说服他把玉玺交出来，晓星先开腔了："李大哥，你把那玉玺捂那么紧干吗？你快点交出来

啊！"

"不，这是我家的东西，我不能交给你们。"李理美
用手捂住玉玺，一副宁死不屈的样子。

也难怪李理美这样誓死保护玉玺。中国历史上，堪称
国之重宝的器物不在少数，但恐怕没有一件比得上传国玉
玺。在李理美心目中，保住玉玺，就是保住了后唐王朝。

晓星说："什么你家的东西呀？以前是历代皇帝的东
西，现在是中国人的东西。"

小吉也说："是呀，你不交还玉玺，别人会一直把我
们当贼呢！"

李理美还是十分固执："不给，就是不给！"

小岚耐着性子说："李大哥，你听我说，这玉玺对你
们家已经没有意义了，因为后唐已经亡国了。"

李理美说："如果我有机会回去，我会努力复国的。
我不可以就这样放弃！"

晓晴撇撇嘴说："你真死心眼，历史是不可以改变
的。"

荆轲听得不耐烦了，他拔出剑指着李理美："你不把
玉玺拿出来，我一剑杀了你！"

偏偏那李理美不怕死，说："杀吧，我死也不会给你

的。"

晓星鼻子"哼"了一声："好，你不把玉玺交出来，我们就不帮你回到后唐，也不给你饭吃，也不让你到我家住……"

李理美眨巴着眼睛。

晓星把恐吓升级："我们把你一个人扔在这里，喂老虎，喂狼。那老虎好可怕啊，一到晚上就'啊呜'地怪叫，见到人，一口吞下肚子。还有山贼，他们不但会抢了你的玉玺，还会把你衣服剥光了，绑在树上，羞羞羞……"

太平世界，哪有什么老虎、狼、山贼，这家伙还挺会编呢！

但他的话还真把李理美唬住了。其实他心里也明白，要是暂时无法回到后唐，在这陌生的年代，陌生的地方，举目无亲的，如果没有一帮朋友相助，还真的连一天都活不下去呢！

要是命没了，那玉玺能保住吗？

他想通了。交就交吧，要是他们真能帮助自己回到后唐，找到父皇母后，一家团圆，那比什么都重要啊！

李理美慢慢地掏出玉玺，万分小心地用袖子将它擦了

又擦，突然，他大喊了一声："啊！"

大家都吓了一跳："怎么了？"

只见李理美两眼死死地盯住玉玺的一侧，神色愕然。

小岚急忙问："李大哥，怎么了？"

李理美没回答，又拿起玉玺，看了又看。

晓星过去摇摇他："李大哥，你不是又反悔了吧！"

李理美把玉玺往他手里一塞，说："这玉玺是假的！"

"啊！"大家都呆了。

晓星说："你不是骗我们吧！你怎么知道是假的？"

李理美指着玉玺一侧，说："小时候，我跟师傅学微雕，学成后想'小试牛刀'，便偷偷跑进父皇的御书房，在这地方用刀雕刻了一只很小很小的龟。但这玉玺上却没有那只小龟！"

啊，这跟小吉说的一样呢！

小吉走过去接过玉玺，细细看着："真的，没有小龟呢！看来，这玉玺跟我的那个一样，都是假的！"

大家看着那玉玺，都愣了。奔波了大半天，原来是为一个假玉玺瞎忙。

只有细心的小岚注意到，这时李理美脸上竟露出了一点得意之色。

这不合情理啊！莫非这家伙知道点什么？

按理，他应该很沮丧才是。难道他知道玉玺的下落？既然眼前这玉玺是假的，那就证明真玉玺还在某处好好地藏着，所以他⋯⋯

她对李理美说："李大哥，过来一下，有话问你。"

李理美乖乖跟着她，走到一边。

小岚盯着李理美的眼睛，问道："李大哥，你是不是知道有关传国玉玺的什么事？"

"没有啊！我怎么会知道呢？"李理美说话时，眼光躲闪，不敢正视小岚。

一看就知道他在撒谎。

"即便你拥有传国玉玺，也是无助你复国的。石敬瑭借契丹兵攻陷后唐，已成大势。论谋略，你不及你父亲，论武功，你不及你兄长，空有传国玉玺又有什么用？你将来回到后唐，救出父母，过平淡日子，那才是上策呢！"

小岚恳切地说，"我们都是炎黄子孙，传国玉玺是我们的共同财产，如果你能帮助找回玉玺，那可是一件永载青史的大好事啊！"

李理美低头沉思。回想父亲当皇帝的三年里，国家动乱、风雨飘摇，他们一家担惊受怕，没有过上一天安乐日子。还有石敬瑭大军压境，京城被攻陷，父亲在玄武楼放火自焚之时，那种恐惧，想想都心惊肉跳。

小岚说得有道理啊！李理美转身，朝着在场的所有人大声说："大家别沮丧，我知道传国玉玺的下落。它就埋在我大哥的墓中……"

第*12*章
果然是个复制品

小岚把李理美拿走的传国玉玺送回香港展览馆时，北京博物馆派来的两位专家也刚好到达。

那是两师徒。那位白发苍苍的师傅杨教授还是小岚认识的呢！他是中国文物界的权威，小岚的养父母马仲元和赵敏，都曾师承他门下呢！

小岚并未说出小龟的事，因为她不知如何解释消息来源。说是两个来自后唐和宋代的人提供的，有谁会信？况且，以杨教授的能力，相信不难鉴别出真伪。

果然，两位专家根据那玉玺的材料、手工、字体等方面，很快得出结论——它并非是秦王亲自监制、刻有丞相

李斯亲笔篆书"受命于天，既寿永昌"八个字的那个传国玉玺。

如李理美跟小吉所言，它是个复制品。

在场所有人都表现出极大的失望，只有小岚表情平静，因为她早知是如此结果。

杨教授感叹地说："自从一千多年前玄武楼那场大火之后，真正的传国玉玺一直未再出现，而仿做的倒见了不少。我和文物打了一辈子交道，最大的心愿就是能在离开这世界之前，看到这件国宝中的国宝。"

小岚嘴唇动了动，她好想告诉老教授，也许他的夙愿很快就能实现了。

但她到底没说出来。虽然从李理美口中知道，当年后唐城破之时，李从珂为了不让传国玉玺落入叛军首领石敬瑭手里，已密令一名亲信大将把玉玺带往家乡河北正定，放入早年被杀害的大儿子李重吉墓中。

但是，事隔一千多年，战争连年，朝代更替，沧海变迁，李重吉的墓还能不能找到，即使找到了，玉玺是否还在，有没有被人盗走，都是未知数。所以，去河北寻找玉玺之事，还是暂时保密为好。

于是，她对杨教授说："杨爷爷，您放心好了。相信

终有一天，传国玉玺一定会重见天日，而您一定会得偿所愿，亲手鉴定真正的传国玉玺的。"

一席话说得杨教授心花怒放。他拉着小岚的手，说："小岚啊，你是文物界的'福将'，隐藏千年的敦煌第二藏经洞都能被你找到，杨爷爷相信承你贵言，传国玉玺一定能很快出现。"

小岚在敦煌协助找到第二藏经洞一事，早已传扬天下，杨教授当然也知道了。

小岚听到杨教授这番话，心想，为了杨爷爷，为了中华文化遗产的保存，自己上天入地，穿越时空，找遍全世界，都要把真正的传国玉玺找回来。

两位专家要回北京了，余馆长送他们到机场。小岚和蔡雄平把他们送到礼宾府门口，看着他们乘坐的车子渐渐远去。

蔡雄平说："小岚，这次玉玺失窃，你东奔西跑帮忙破案，真是辛苦你了。"

小岚说："蔡叔叔，您别客气。我是香港人，香港的事我有义务帮忙。这是我应该做的。"

"刚才没来得及问你，你到底是怎样找回这玉玺的呢？"蔡雄平说，"这事我还得向特首汇报呢！"

　　小岚看着蔡雄平说："蔡叔叔，如果我跟您说，拿走玉玺的是个来自古代的人，而这玉玺曾经是他家的东西。这件事情并没有人犯罪，您相信吗？"

　　蔡雄平吓了一大跳。穿越时空，到未来，回过去，这些事在科幻故事里太多了，难道现实生活中真有吗？！

　　换了别人，他绝对认为这是疯话。

　　看着小岚那双清澈无邪的眼睛，蔡雄平知道她绝对不是说谎。从协助乌莎努尔公国寻找他乡的王储开始，他就认识了小岚，他知道这女孩非同凡响。他不禁脱口而出："我相信你。"

　　"谢谢蔡叔叔！希望您跟特首叔叔说一下，不要再追究传国玉玺失窃一事。"小岚又说。

　　蔡雄平点点头，他知道，特首跟他一样，也十分相信小岚的为人，特首一定会尊重小岚的意愿的。

　　"其实我还有一事相求。"小岚又说，"请您帮从古代穿越时空而来的四个朋友办理特许通行证。"

　　"啊！"蔡雄平又吓了一大跳。给从古代穿越时空而来的人办通行证，这可算是"前无古人后无来者"的事情啊！

　　小岚恳切地说："因为一件很重要的事，我明天得去一趟河北。这四个朋友一定得随我去，他们都是能给我提供

帮助的人。但是他们没有任何身份证明文件，无法去。"

"这事得找特首，因为只有他才有这个权力。"蔡雄平想了想，说，"你能告诉我去河北的原因吗？因为即使是特首，也不能无缘无故就发出特许通行证的。"

小岚并非刁蛮公主，她是个明白道理的人。她犹豫了一会儿："这事，不是不可以讲，只是怕牛皮吹出去了，但事情没办成功，那好丢人啊！"

蔡雄平像哄小孩子一样，说："这样好了，我保证不说出去，我只告诉特首。那即使失败了，也没有第三个人知道。好不好？"

"那您说话算数啊！"小岚这才告诉蔡雄平，"我们去河北要做的事情，关系到寻找真正的传国玉玺。如果成功的话，这件国宝中的国宝就能重见天日了。"

"真的？"蔡雄平一听十分兴奋，"那太好了，真是太好了！这样的大事一定要支持，我马上就去找特首，我想他一定会支持你的。"

小岚高兴地说："谢谢蔡叔叔！我等您回音。"

临离开时，小岚又叮嘱蔡雄平，古代人的事也只许他跟特首叔叔两人知道，她不想给自己的朋友惹麻烦。

蔡雄平笑着说："我办事，你放心！"

第13章
古装人大变身

　　小金子送小岚回周家，一路他都很兴奋，嘴没停过："小岚公主，您真是好厉害，怎么才两天工夫就把丢失的玉玺找回来了？我是个男子汉、大丈夫，从来没有佩服过哪个女孩子，但对您，我可是彻彻底底地折服了。"

　　小岚笑道："小金子，没想到你车开得好，拍马屁也不错呢！"

　　小金子委屈地嚷嚷着："啊，那您就冤枉我了，我才不是那种拍马吹牛的人呢！"

　　小岚笑道："哈哈哈，我跟你闹着玩呢！我相信你是真心的。"

　　小金子这才高兴起来："是呀，我是真心的。我是您的Fans呢！我在礼宾府工作才几个月，就听过您好多故事，包括替乌莎努尔找回国王啦，平息乌隆国和胡陶国的战争啦，解开胡鲁国真假国王之谜啦……哎呀，每一段都是最曲折离奇的故事……"

　　小岚笑起来："啊，看起来我很出名呢！"

　　就这样聊着聊着，很快就到了周家别墅门口。

　　小金子停车时，突然喊了一声："啊，门口有个怪人！"

　　小岚一看，心里暗暗叫声糟糕。

　　小金子嘴里的怪人，正是仍作古装打扮的荆轲。他双手握剑，正直直地站在周家别墅大门口。

　　刚才离开龟背地时，他们兵分两路，小岚去送还玉玺，其他人先回周家别墅。当时荆轲执意要跟着小岚，他说要一步不离保护"银月公主"。小岚费了不少唇舌去说明自己不是银月，又费了不少唇舌说明香港是世界上最安全的城市之一，不用人保护，他才勉强答应不跟小岚去了。只是回到周家之后，他执意不肯进屋里，说要在门口等小岚回来。

　　小岚忙跟小金子解释说："哦，他是晓星的表哥，是

电影公司的临时演员，大概是打扮好了，在门口等公司的车来接吧！"

小金子也没在意，只是笑嘻嘻地"哦"了一声。

小岚又说："我们明天十点的飞机，麻烦你八点来接我们。"

小金子朝小岚挥了挥手："一点不麻烦，小岚公主再见！"

"银月，你回来了！"荆轲严肃的脸上露出了笑容。

"又来了，又来了！我不是银月！"小岚生气地噘起了嘴，又赶紧把他往屋里推，"你穿着这身衣服太惹人注目，万一被邻居看见，那就麻烦了！"

周家别墅的大厅里闹哄哄的。晓星和小吉在忙着玩电脑游戏，小吉对那玩意儿表现出十二万分的兴趣，而晓星本来就是电脑游戏的"发烧友"，两个人坐在地上，玩得不亦乐乎，还不时听到晓星埋怨"老祖宗"的声音："不是那样，这样才对。嘿，笨死了！"

而小吉为了学会他那年代想都不敢想的玩意儿，只好暂时放下"老祖宗"的身份，虚心向"孙儿"学习。谁叫自己技不如人呢！

　　李理美拉住小云在屋子里转来转去。李理美对现代的每样东西都表现得十分好奇，从客厅里的大挂钟到厨房里的微波炉，都问个没完，偏偏小云半懂不懂，乱答一通，但李理美却傻乎乎地照单全收。

　　只是不见了晓晴。

　　小岚问小云："晓晴呢？"

　　小云指指楼上："她在房间找漂亮衣服呢，说是准备明天出门的行装。"

　　这时，小岚的手机响了，是蔡雄平打来的："小岚，你那些朋友办通行证的事，特首同意了。我现在正准备带上照相机到你那里，拍通行证照片要用特制的照相机呢！你把地址告诉我。"

　　"谢谢蔡叔叔！我们现在住在周家的别墅里，地址是……"小岚把地址跟蔡雄平说了。

　　小岚看荆轲跟李理美还是古装打扮，便对晓星和小吉说："喂，你们俩别玩了，有事要做。"

　　那两个家伙正玩得高兴，晓星双手快速按着游戏操纵器，头也不回地问："什么事，正紧张呢！我快把小吉的军队消灭光了。"

　　小岚急了："有要紧事，停停停！"

小吉说："我要反攻呢！等会儿好不好？"

"不行不行！"小岚一跺脚，说，"谁再不停，明天就不带他去河北。"

这句话果然奏效，两人扔下操纵器，争先恐后地站到小岚面前。

"你们赶快帮荆轲大哥及李大哥换成现代人的装束。"小岚说。

"是！"晓星说，"我去我爸的衣柜找，他的衣服荆大哥和李大哥应该能穿。"

换装后的荆轲和李理美浑身不自在地站在客厅中间，接受众人的"检查"。

大家都直直地看着不再阔袍大袖的荆轲，没想到这个长发飘飘的古代剑客，穿起T恤、牛仔裤来，也同样潇洒呢！

小岚端详了一会儿，叫晓晴拿个辫绳来，把荆轲的长发束在脑后。咦，效果不错，十足一个现代潮人！

李理美穿了周爸爸平时上班穿的西装，头上却顶着一个古代发髻，显得不伦不类的。小岚直摇头。

晓星见小岚不满意，便顺手拿了一顶鸭舌帽，扣到李理美头上。晓晴说："拍通行证照片是不能戴帽子的

呢！"

她从李理美头上拿下帽子，又拿来一个辫绳，把李理美的发髻弄散了，然后跟荆轲一样束在脑后。

荆轲跟李理美一样的发式，却也各显帅态，一个英武，一个儒雅。

小岚点点头，"收货！"

这时，门铃响了。时间刚刚好，蔡雄平来了。

见到屋里站着两个一模一样的晓星，两个一模一样的晓晴，蔡雄平瞠目结舌。

当小岚给他介绍荆轲时，他激动得睁大眼睛，差点连眼珠子都掉到地上了。他扑过去握住荆轲的手："荆轲大侠，幸会幸会！"

荆轲赶紧缩回手，他不习惯这种礼节。

"没想到，真没想到啊！一下子见到了三个朝代的古人！"蔡雄平仍十分激动。

小岚提醒他："蔡叔叔，开始拍照吧，要不时间来不及了。"

蔡雄平拍拍脑袋，对啊，拍完照，还要好多个步骤才能制成通行证呢！

小云争着要先照，她看过晓晴的相册，早就对她能上

"画片"羡慕不已了。她学着晓晴摆了很多姿势，结果全部被小岚"灭"了，只让蔡雄平替她照了一张正儿八经的正面相片。

小吉照得很顺利，"咔嚓"一下就完成了。

李理美对那部会画人像的东西很感兴趣，蔡雄平替他拍照时，他老是伸长脖子动来动去，想看看那东西是怎样迅速把他的肖像"画"好的，所以拍了好多张都不行，后来还是小岚大喝一声"停"，把他定住了。蔡雄平抓紧时机，"咔嚓"，拍下他的照片！

荆轲跟李理美却相反，他一动不动地坐着，脸上表情严肃得好吓人。蔡雄平说："荆大侠，你试试想些开心的事。"

小吉和晓星不断朝他扮鬼脸，希望能博荆大哥尊颜一笑。

没用，依然是标准的"冷面侠客"。

小岚走到照相机旁边，说："荆大哥，记得跟银月在一起的日子吗？"

蓦地，荆轲脸上变柔和了，竟露出一点笑容。

蔡雄平赶紧按下快门，为荆轲拍下了一张刚中带柔的照片。放进电脑检查效果时，小云和晓晴看得眼睛发直——好帅气的荆大哥啊！

第14章
踏上寻宝之路

一大早，荆轲就抡起大拳头，在各人的房门上使劲捶着："起床！起床！"

小岚被吵醒了，她伸了个懒腰，生气地嚷着："谁呀？吵什么吵！扰人清梦。"

可是，她马上想起来，是自己吩咐荆轲这样做的。今天十点的飞机呢！

看看钟，七点半了，真要赶快起来了，还有半小时小金子就来接他们了。

她一骨碌坐了起来，利索地穿好衣服，走出房间。

除了她以外，其他房间还大门紧闭。

一个个都想多赖一会儿。

小岚站在走廊中间，大声喊道："想去河北寻宝的，马上起来！否则——哼！"

这一招果然有效，大家都明白那个"哼"字代表什么。谁愿意放过这么有意义的寻宝之旅啊！

房门一扇接一扇地打开了，接着开始"争洗手间之战"。幸好周家别墅每一层都有洗手间，基本上都可以"保证供应"，所以"争霸战"不算激烈。

小岚梳洗完毕，背上简单行装，下楼去了。

荆轲已在沙发上正襟危坐，双手按着一把长剑。看见小岚下来，他严肃的脸上又露出了柔和的笑容："银……"

他大概怕小岚又生气，把个"月"字硬咽回去了。

小岚看了看他手里的长剑，说："你打算带上长剑出门？"

荆轲点点头。

小岚摇摇头说："这剑不能带，武器类东西是不许带上飞机的。"

"哦，真可惜！"荆轲惋惜地抚摸着长剑，又依依不舍地把它靠在墙边。对于一个剑客来说，剑就是他的生命

啊！难怪荆轲如此难舍。

电话响起，是蔡雄平："小岚，不好意思，今天早上有个重要会议，我不能送你们去机场了。"

小岚说："蔡叔叔别客气，有小金子载我们去就行了。"

蔡雄平又说："还有，很抱歉，今明两天去石家庄的机票都没买到，本来石家庄机场就在正定县的，很方便。现在给你们买了去北京的飞机票。从北京坐的士到正定县并不远，约四个小时多一点。你们可以在北京玩玩，再去正定。"

小岚说："行，没问题！"

蔡雄平继续说："还有呢，不好意思啊，因为商务客位全卖光了，只替你们买了普通舱的座位。"

"没关系啦，普通舱也很舒服啊！"小岚一点也不计较，"只要能坐上今天出发的班机就行。谢谢蔡叔叔！"

最后，蔡雄平又转告了特首的话："特首请你一切小心，注意安全。"

小岚说："放心好了。别忘了，我们有'天下第一剑客'随行呢！有什么事，他会保护我们的。"

这时候，小吉和晓星拉着手下来了，这"祖孙二人"

因对电脑游戏的共同爱好，感情大增呢！

“你们的姐姐呢？”小岚问。

晓星和小吉异口同声地说：“还在打扮呢！”

“叭叭叭……”外面有人按车喇叭，是小金子来了。

小岚故意朝楼上大声说：“好啦，我们走了，别管她们了。”

话音刚落，那两人便从楼上飞扑下来：“别别别，来了来了！”

小金子等大家都上了车后，掏出通行证和机票，交给小岚：“这是蔡先生让我交给您的。”

小岚把通行证发给大家，又详细地讲解了通行证的作用，以及过关时应怎样做。

小云一见上面的照片就噘嘴，说是照得没本人好看。大家凑上去看，都说不是啊，很好看啊！

倒是李理美那张相片让大伙儿笑痛了肚子，愣愣的、傻傻的，晓星说：“十足一只呆头鹅！”

小云和晓晴抢着看荆轲的通行证，嘴里不断发出“帅死了，帅呆了”的赞叹声。

车子里闹哄哄的，弄得小金子心痒痒的老想回头看热

闹。他也还是个孩子啊!

很快到了机场,一帮人跟小金子说过"再见",便咋咋呼呼地走进机场大楼了。

大家办完登机手续后,又由晓星带着去机场里的餐厅吃了一顿美味的早餐。小吉跟晓星不愧是一个祖宗出来的,美食当前的馋劲儿可是一模一样。

吃完早餐一行人悠悠然登机去,一路上,惹来不少好奇的目光,还有人指指点点的。他们一定以为,晓晴和小云、晓星和小吉,是两对双胞胎兄弟姐妹呢!

检查证件时,那女工作人员一见到通行证上"荆轲"两字,情不自禁喊道:"哟,跟战国时的荆轲名字一样呢!"

荆轲面无表情地接回证件,心里想:奇怪,我不就是战国时的荆轲嘛!

大家全都通过安检,入了禁区后,忽然见到有几个穿白西装的人在禁区外面大喊大叫:"公主,公主!"

小岚一看,啊,原来是那四名保镖。小岚早把他们忘得干干净净了,四名保镖显然是没有机票,没法进去,一个个在禁区外上蹿下跳。

晓星朝他们挥手:"拜拜!"

气得他们干瞪眼。

飞机误了点，迟了一个小时才登机。一行七人上了飞机，继续成为机舱里的焦点。

首先是两个漂亮的"孪生姐妹"，还有两个可爱的"孪生兄弟"。大概是孪生子长大了就不喜欢一块儿上街，所以人们一般很少看到长得一样的少女或少男出现在公众场所，但现在一见就两对，哪能不引起轰动。

但继而人们的目光就渐渐被另外那对男女吸引住了。

那个长头发、浓眉凤目的男子，好英俊啊，那种不食人间烟火的俊美和冷傲，令他们想起了那些古代侠客（他们哪里知道，他就是不折不扣的古代大侠啊）。

那个柳眉杏眼的少女，漂亮得令人不禁要惊叹造物主的神奇。看她那种气质，仿佛是个高贵的公主（嘿，什么仿佛？她就是一位公主嘛！还是不止一个国家的公主呢）。

一帮少年男女中间似乎只有李理美被人们冷落了，但他却认为那些目光是看他的，他拉拉小岚，又拉拉荆轲："有没有发现，那些人都在朝我看。当然啦，他们哪见过这么风流潇洒、玉树临风的古代皇子！"

但是，他们谁都没有发现，就在他们后两排的座位上，一道充满邪气和贪婪的目光，在紧紧盯着他们。

其实，自从龟背地开始，这道目光就一直追随着他们了。

第15章
飞机上的"冷笑话"

飞机起飞了。

七个人当中，数小吉和小云最高兴，他们俩早听小岚描述过现代的飞机，早就渴望有一天能坐上去遨游天空了。

"我会飞啦！我会飞啦！"小吉用双手作状飞了一番，又不停嘴地说开了，"哈，我们把山踩在脚下了，又把河踩在脚下了，哇，看那些车子，变蚂蚁了……"

小云开始还有点害怕，不敢看窗外的景色，但很快被小吉的兴奋情绪感染了。她把鼻尖贴在舷窗上，先是睁开一只眼睛，随即露出惊喜的神情，于是马上睁开了另一只

眼睛，惊讶地盯着地面上越变越小的东西。

荆轲虽然保持着一贯的冷静，但仍可从他那双瞟向窗外的眼睛，察觉到他内心的震撼。

七个人中就数李理美最搞笑，他大声发表宏论："啊，伟大啊！人类已经可以跟鸟一样在空中飞了，这可是一个重大的创举啊！"

他又一把抓住坐在身边的晓星："请问，我们是不是第一批飞上天空的人？"

他的话引来了很多诧异的目光，晓星说："对不起各位，这位哥哥是史上最白痴的人，你们别理他。"

李理美不明白什么叫"白痴"，便问："你刚才说什么，说我是白痴？白痴是指什么？"

晓星说："白痴是指世界上最聪明的人！"

"谢谢！你说得很对，我真是名副其实的白痴呢！"李理美很高兴。

坐在后排的几个女孩子听着他们的对话，就像在听精彩的冷笑话，一个个忍俊不禁，全都哈哈大笑起来。

"晓星真坏，怎么老捉弄李大哥。"小岚轻拍了一下晓星的后脑勺，然后跟李理美说，"李大哥，飞机已经发明了一百多年了，我们并不是最早飞上天空的人。"

"可惜了！可惜了！"李理美很觉惋惜。

"晓星。"他又扭头想问晓星什么，但对方却佯装看窗外风景，没理他。

李理美有点没趣，便起身跟后排的荆轲说："荆大侠，跟你换位子好吗？"

他想跟小岚坐在一起，在这么多人中间，他觉得小岚对他最好。

"不行！"坐后排的小云和晓晴异口同声地反对。她们怎可以放过和荆大哥一起坐的机会啊！

小岚站起来说："我跟你换吧！"

"啊，不用了，谢谢你！"李理美只好没趣地坐回原位了。

大约两点多，飞机徐徐降落地面，广播器里传来播音员温柔的声音："亲爱的旅客们，飞机已经到达了目的地——北京。北京是一座有三千余年历史、八百五十余年建都史的历史文化名城，荟萃了自元明清以来的中华文化，拥有众多历史名胜古迹和人文景观……"

小岚急着去河北寻找玉玺，便决定不在北京停留，马上坐的士去正定。

晓晴、晓星已来过北京多次，所以对于小岚的决定全

没意见，而其他的几个古人，一下飞机就晕头转向不知东南西北，只好全凭小岚做主。

拦了两部的士，晓晴和小云上了前面一部，便喊："荆大哥，这里还有一个位子，快来呀！"

小岚不想看她们老是缠着荆轲，便拉开车前门，让荆轲坐在司机旁边，自己来到后座，坐到晓晴身边。

那两个芳心大动的女孩，全都嘟着嘴很不高兴，但又知道拗不过小岚，只好鼓着两腮生闷气。

车子一路飞驰，小云和晓晴不断地逗着前面的荆轲说话，但荆轲正襟危坐，头也不回，弄得那两个自作多情的家伙很没趣，只好乖乖地闭了嘴看车外风景。

车子已经在路上行驶了两个小时了，司机面前的自动导航仪一路显示出车子所在位置，以及将经过的地方。

突然，荆轲大喊一声："啊！"

车里的人都大吃一惊，司机被他一吓，竟把握不住方向盘，车子差点滑出正常行驶车道。

"怎么啦？"车里的人几乎异口同声地问道。

小岚问："荆大哥，出什么事啦？"

荆轲指着导航仪上的一个地方，小岚一看，竟是易水河！

原来由北京到正定县，会经过当年荆轲起行去刺秦的并因此而流芳千古的易水！

怪不得荆轲如此激动。

荆轲指着易水，用不容反对的语气嚷道："去这里，马上！"

司机好像也察觉到小岚是这帮人的头儿，他扭头，用征询的眼神看了看她。

小岚一直想找个合适机会跟荆轲好好谈谈。她想，在荆轲大哥重游旧地、寻找当年轨迹的同时，因势利导，或许能让他打开心结呢！

她点头说："好，去吧！"

车子经过易县县城时，小岚朝司机喊了一声："司机，先停一下。"

后面那部车见状，也停了下来。

后面车子里的人还不知道发生了什么事，他们全都下了车。

晓星问："怎么停下来了，不是说要四个多小时才能到正定县的吗？这是哪里？"

小岚说："这是易县，再过去不远，就是易水河。荆轲大哥想去那里看看。"

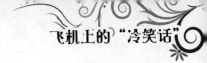

小吉说："易水，不就是当年太子丹一帮人送别荆轲大哥的地方吗！啊，我们也想去看看。"

小云和晓晴、晓星也都说："对对对，一块儿去！"

小岚看了看荆轲，他一直坐在车子里一动不动，脸上满是悲怆。

她对众人说："我想，荆轲大哥一定很想一个人重回旧地，我们就别去打扰他了。我刚才上网查过，易县县城有个游戏机基地，好玩得简直无与伦比。"

小吉和晓星一听，马上眼放光芒，异口同声地嚷起来："啊，真的？"

这祖孙俩越来越合拍了，说话都一个调。

小云和晓晴看着小岚："你也不去吗？"

"不去。"

小云和晓晴不再说话了。连小岚都不去了，她们再争取也没用。

小岚跟晓晴说："记得要照顾好李大哥，别走丢了！"

晓晴刚要问："那你呢？"小岚已经钻进了的士，"砰"一声关上了门。

上当了！

　　大家追着车子叫嚷着，但车子已经"呼"一下开出老远了。

　　小云和晓晴直跺脚。

　　小吉和晓星呢，去不成易水河，有游戏机玩，也不觉吃亏。

　　李理美倒是无动于衷，请他都不一定想去呢！

　　一帮粗心的家伙全然没察觉到，刚才在飞机上不怀好意地盯着他们的男人，一直跟在他们后面。

第16章
她等了你两千年

　　这就是易水河吗？它已经没有了当年的萧瑟与悲壮，清澈的河水缓缓流淌，两岸翠柳成行……

　　荆轲慢慢地向前走去。

　　小岚默默地跟在他后面。

　　荆轲停在了易水河边，一阵风吹过，拂起了他那黑黑的发丝，吹动了他的衣袂……

　　仿佛时空逆转，小岚看到了两千年前那个永留史册的场面……

　　荆轲昂然伫立在易水河边，透着威仪的嘴唇露出凄冷的微笑。燕太子丹与送行的朋友全都穿上了白衣，琴师高渐离为好朋友弹出绝世琴音，人们"为壮声则发怒冲冠，为哀声则士皆流涕"。晚风里，荆轲紧握剑柄，衣袖一挥，驾车离去。在朋友们悲天撼地的哭声和呼唤声中，他连头也不回，只掷下一句千古绝唱"风萧萧兮易水寒，壮士一去兮不复还"！

难道这世界没有值得你留恋的东西吗？生命，青春，亲人，朋友，还有那个让你望眼欲穿的人？

可你还是头也不回地走了。为了一个承诺，为了一个使命，向着那个已知的结局走去……

小岚眼眶一热，心里充满了对荆轲的崇敬。此刻的荆轲，他心里在想些什么？

在想他两千年前始终等不到的那个人，还是追忆着那次悲壮的送别，或者是痛惜着那次未遂的壮举？

小岚知道他心里的不平静。

她悄悄走到荆轲身后，唤了一声："荆轲大哥。"

荆轲此时才惊觉自己只顾沉湎在过去，冷落了小岚多时，他抱歉地说了声："对不起！"

太阳洒下的光辉，照得易水河两岸一片灿烂。

小岚说："荆大哥，你看，这景色有多美！"

荆轲点点头。的确，眼前没有了易水送别时那一片

肃杀之气，没有了黄叶满地、衰草漫天。满目是清清的河水，摇曳的柳树，再看远一点，道路纵横，高楼林立，车水马龙，一派欣欣向荣。

宽阔美观的林荫道上，不断有行人走过：有匆匆而过的打工族，有带着小朋友散步的年轻夫妻，有相互依偎而行的小情侣，他们的脸上，无一不露出幸福平和的表情。

"我好羡慕你们这个年代的人，没有战争，没有杀戮，一片安定繁荣……"荆轲长叹一声，继续说，"其实，我并不喜欢做刺客，不喜欢杀人，我希望和平。只是身处那个战乱的世界，先是国与国之间争夺地盘，战争频发，征伐不已，世不安宁，民不聊生。之后是逐渐强大的秦国侵吞六国，以致遍地白骨。所以，当燕国的太子丹求我刺秦王时，我一口答应了，我认为，只有杀死秦王，才能令天下太平……"

小岚很理解荆轲。春秋战国是中国历史上一个特殊的时期，"朝为公卿暮填沟壑"是寻常事，人人都生活在时刻可能横死的恐怖里。秦国大将白起残忍杀害四十万赵国战俘，更引起人们的愤怒与恐慌，所以，荆轲当时的舍身刺秦，惊天地泣鬼神，令他成为千古豪侠。

小岚说："荆大哥，我理解你。所以，你在我心目

中，在中国人的心目中，在历史的记载中，始终都是一位顶天立地的英雄好汉。"

荆轲看着小岚，脸上又出现了那种铁汉柔情："谢谢你！为了天下百姓，我万死不辞。"

他看着天边片片白云，说："所以，只要能够回到过去，我一定再去刺秦，不手刃秦王，誓不罢休！"

小岚说："荆大哥，你听我说。秦王暴虐，令人发指。但是，秦王绝对不能杀！"

荆轲大惊，双眼看定小岚："为什么？"

小岚陈说利害："因为秦王一死，天下会更乱，受苦的还是百姓。历史上正是这样，秦王统一天下，结束了春秋战国一直以来的连年战争，人民才有了休养生息的机会……"

"啊？真是这样吗？"荆轲身体微微一震。

小岚点点头。

但荆轲眼里的怒火并未因此熄灭。也难怪，生在那个年代，目睹在秦国大军征伐下许多无辜惨死的百姓，想起那四十万被秦将杀害的赵国士兵，他就难消心中愤恨。

小岚明白，要他接受现实，绝非易事。

不知不觉，太阳已经渐渐西下，落日的余晖把大地万

物全都涂上一层金色。小岚忽然发现了什么，她拉着荆轲的手，朝前面走去。

一座高高的石像竖立在山脚下。

那是个古代男子，他巍然屹立，一手按腰，一手持剑，深邃的目光望向远方……

石像底座刻着四个字——荆轲义士。啊，原来是人们为纪念荆轲而立的碑像。

荆轲呆呆地站在自己的石像前，他没有想到，自己区区一名侠客，会让人们如此地纪念着。

小岚说："当初你冒死刺秦，忠肝义胆，欲救万民于水火，赢得了世人的感动和钦佩。所以，后人一直视你为英雄……"

那铁汉子眼里竟蒙上了一层水雾，他在按捺着心里的激动。

石像后面的小山上，有一座十几层高的塔，荆轲心有所感，不由拾级而上。

只见一个男人和一个小女孩站在塔前，看上去应是父女俩。

小女孩问："爸爸，这是什么塔？"

男人回答说："这塔是为纪念战国时的义士荆轲而建

的，叫荆轲塔。"

"荆轲？荆轲是个很了不起的人吗？"

"是呀，他很了不起，是个顶天立地的英雄。"

"爸爸，您看，这里有块石碑呢！您给我念念，上面写的是什么？"

男人趋前细看，念道："燕赵古称多慷慨士，而荆轲挟匕首入秦，为燕丹报雠。此其节尤著者，史传皆称轲侠士。余谓不……下面的字太模糊了，看不清楚。"

小女孩突然发现不远处还有一块碑，她走了过去，喊道："爸爸快来看，这块碑上的字清楚多了！"

男人走了过去，看了看，说："这块碑是早些年才挖出来的。人们为美化附近的环境，挖土种树，没想到挖出了这块碑。据专家考证，这是一块墓碑。碑的历史悠久，极可能是战国时期留下来的。看碑文的意思，像是一位女孩子跟喜欢的人约好了在易水边见面，但错过了相约的时间。爱人走了，她在易水边一直等他，却始终没能等到，女孩伤心过度，死去了。"

他们的话，清晰地飘进小岚和荆轲耳里。荆轲愣了愣，急急向两父女那边走去。

那小女孩仍在问："爸爸，这女孩子好可怜啊，她叫

什么名字？"

"让我看看，她叫……银月。"

荆轲像遭雷击一样，脸色大变，他呆了呆，拔腿跑了过去，"扑通"一声跪在那墓碑跟前。

"银月！银月！是你吗？"

那父女俩显然被吓了一大跳。父亲惊疑地看了荆轲一眼，牵着女儿的手，急急离开了。

那女儿一边走一边扭头看荆轲："爸爸，那叔叔一定是认识那女孩子的。"

"哪会呢！女儿，你的想象力真丰富。"

那父女俩边说边走远了。

荆轲摸着墓碑上的字，嘴里喃喃着："银月公主，对不起，我不应该不等你来就离去，是我害了你。"

小岚同情地看着荆轲，那铁汉子的眼里，竟盈满了泪水。

荆轲把眼泪硬生生地咽了回去，但小岚的眼泪却抑制不住，"哗哗"地流了下来。

可怜的银月，荆轲等了她五个月，她等了荆轲两千年。

第 *17* 章
史上最大的贼

两部的士载着小岚等七个人离开易县，两个多小时后，终于到了正定县。因为天色已晚，他们便在县城的多利酒店住下了。

小岚吩咐说："明天七点准时起床啊，赖床的，一律扔下不管！"

一帮人咋咋呼呼去找房间了。

三个女孩子住了一间套房。一客厅一洗手间，外加一间有着三张床的卧室。

小城的这家宾馆还不错，设备很齐全，环境也挺好的。她们轮流着洗了个舒舒服服的澡，便躺到了床上，七

嘴八舌地说着话。

这时，"砰砰砰"，有人使劲敲门。

三个女孩子互相交换了一下眼神，不用问就知道，准是晓星和小吉！除了这两小子，没有人会在别人正在休息或正想休息的时候来打扰的。

女孩子们全用被子捂住头，不理睬。

谁知道，敲门声锲而不舍，越敲越起劲，而且还有人用身子撞门。看样子他们是门不敲开死不休了。

晓晴把被子一掀，翻身下床，骂骂咧咧地跑出卧室，跑到大门口，猛地一拉门。门外两个正撞门的收不住脚，摔了进来，跌在地毯上。

果然是晓星和小吉。

"吵什么吵！"晓晴生气地说。

这时小岚和小云也穿好衣服出来了。

晓星跑到小岚面前："小岚姐姐，出大事了！出大事了！"

小吉也神色紧张地说："不得了啦！不得了啦！"

小岚皱着眉说："神经兮兮的，发生什么事了？"

晓星说："我们见到一个大贼！"

小吉说："中国历史上最大的贼！"

晓晴早看惯了弟弟的大惊小怪，便揶揄地问："啊，

真了不起，发现很大的贼了。他偷什么了？快报警啊！"

晓星说："他偷的东西很大很大……"

小吉说："大得你看不到边……"

小岚不耐烦了："废话少说，他究竟偷什么了？"

晓星和小吉异口同声地说："国家！"

"啊！"三个女孩子异口同声地重复了一遍，"国家？！"

小岚耸耸肩："你们别再故弄玄虚了，那大贼是谁？"

小吉和晓星一起说："王莽！"

小岚吓了一跳："王莽？！你们说的是篡夺了汉家天下的王莽？"

晓星说："就是他！"

小吉说："就是这个人！"

小岚问："你们在什么地方见到他的？你们又怎么知道他是王莽？"

晓星和小吉你一句我一句，女孩们听了半天，才弄清楚是怎么回事。

原来，刚才小吉和晓星去酒店小卖部买了很多"滴滴银"，然后跑到酒店前面的大广场玩。"滴滴银"是一种小孩很喜欢的玩意儿，点着了，会发出闪烁的银色火花，

十分漂亮。

可惜那玩意儿燃烧得挺快的，不到半小时，几十支"滴滴银"就燃烧完了。两人摸摸身上没钱了，就打算跑回酒店找姐姐们要。走近柜台时，听到有个瘦子在问柜台职员："请问王莽住在哪一层？"

王莽？晓星马上想到了汉朝时那个王莽，哈哈，莫非又来了古装人？哇，这回可热闹了！

他拉拉小吉，小吉心领神会，两人装模作样地在酒店大堂里玩掌上游戏机，暗地里留意着瘦子的举动。

那职员替瘦子查了电脑，告诉他王莽在1314号房。那瘦子转身正要向电梯走去时，大门外进来了一个四十岁左右、染了一头金发的男人，瘦子脸露惊喜，喊了一声："王莽！"

王莽一见瘦子，马上鬼鬼祟祟地朝四周看了看，又把瘦子拉到一边。两人交头接耳了一会儿，就一起出去了。

晓星和小吉跟着跑出去，想看看他们去干什么，谁知道那两人早不见了踪影。

"啧！"晓晴不以为然，"大惊小怪！你怎么知道他就是王莽？也许他叫王芒，或者王望？"

"对！"小云也说，"即使他真的叫王莽，也不能说他就是汉朝那个王莽呀。同名同姓的人多的是！"

晓星仍坚持着："万一他真的是那个王莽……"

小吉也挺固执："万一他又想来篡政……"

两人一起说："那我们国家就危险了！"

晓晴说："你们少操心，中国现在固若金汤，就凭他，哈哈哈……"

小云说："你们少来杞人忧天了。去去去，我们要睡觉了。"

两人说完，就一起把小吉和晓星往门外推。

"小岚姐姐！"那两个家伙想抓住根救命稻草。

谁知小岚翻了翻眼："无聊！"就回房间去了。

晓星和小吉俩人，委委屈屈地回到自己房间。

晓星说："我们一定要想办法证明那人就是王莽，让她们心服口服！"

小吉点头："对，还要找到王莽来这里篡政的罪证！让她们五体投地。"

"哈哈哈哈！"两人仰天长笑，然后伸手碰了碰拳头，"祖孙同心，其利断金！"

临睡下时，他们互相约好第二天早点起来，在出发去寻找李重吉墓之前，争取时间查找王莽犯罪的蛛丝马迹。

果然是言出必行，第二天，两人一大早就醒了，洗把

脸，出了门！

找到了1314号房，大门紧闭。

两人正鬼鬼祟祟地张望，1314号房的门"吱呀"一声开了，里面走出一个人来。

不好！

两人正要躲，突然发现那人身穿白色员工制服，推着辆餐车。哈哈，是酒店职员，真乃天助我也！两人赶紧上前，口甜舌滑地道："哥哥，早上好！"

那人看样子挺和善的，他咧嘴笑时，嘴巴张得大大的，笑得很灿烂："早上好！你们是……"

晓星说："我们是来找住1314号房的王莽的。他在吗？"

"不在。他一整晚没回来呢！"大嘴哥哥指了指餐车，"他昨晚在外面打电话回来，叫我们送份晚餐去他房间，他马上就回来。但今天我去收拾时，他人不在，食物也原封不动。"

大嘴哥哥一边推车走，一边说："你们等会儿再来找吧，他一定会回来的，他还没办退房手续呢！"

晓星和小吉互相看了一眼，心里不约而同地想：一整晚没回来？八成是偷东西去了。他这回偷的是什么呢？

第18章
后唐皇帝的家族徽号

　　众人吃完早餐就出发了，跟着李理美去寻找李重吉的墓。李理美似乎很没有方向感，带着众人在大街上转来转去，一脸惶惑。

　　"我还是送哥哥灵柩回来那次来过这里呢！糟了，怎么没有一点当年的样子？"

　　晓晴说："嘿，都过去一千多年了，如果还是当年的样子，那才奇怪呢！"

　　晓星也跟着起哄："是呀，是呀，李大哥，你老人家究竟有没有记错地方？别让我们白走一趟！"

　　李理美气得想吃人："我翻翻美少年，怎么是老人家

呢！"

晓星扮个鬼脸："后唐离现在都一千多年了，你还不是老人家呀？"

李理美无语。

小岚不满地说："你们别添乱好不好，让李大哥好好想想嘛。"

她又对李理美说："你仔细想想，你哥哥李重吉的墓附近有什么山或者河？"

李理美一拍后脑勺，说："谢谢小岚提醒，我记起来了，哥哥的墓地前面有条河，叫落月河。墓地后面有座山，叫什么……对，叫摘星山。记得我当时还老想是不是登到山顶就可以摸月摘星，还说想登上去看看。父皇没了哥哥正伤心，见我还有闲心去玩，便给了我一巴掌，打得我眼冒金星。"

"该打……"那四个不识趣的"哄"一声笑了起来。

小岚也有点忍俊不禁："李理美，你也太有点……嘿嘿！"

还真是"得来全不费工夫"，随便找了个路人问问，那人用手一指，说不远处那座高耸入云的山就是摘星山。

一行人浩浩荡荡向摘星山走去。怪不得人们常说"望山跑死马"，走了快一个小时还没到山脚，除了荆轲仍然腰背挺直，步履如飞，其他人都开始溃不成军，东倒西歪了。

忽然，晓星高兴地喊起来："好啦好啦，我们可以休息啦！"

"到了吗？"一直叫苦连天的小云和晓晴异口同声地问。

"你们看！"晓星指着一块挡着路的大木牌。

只见木牌上写着：

前面施工　闲人免进

晓晴高兴得大叫："木牌万岁！"

小云也开心地喊着："'闲人免进'万岁！"

两个人欢呼着找地方坐了下来。

小岚叉着腰，似笑非笑地看着他们："别高兴得太早了！这里进不去，我们等会儿就要拐个大弯，绕道前进！"

"啊！绕道！"几声惨叫，"那不是要走更多的路！"

除了荆轲淡然以对，其他人都着急地嚷嚷起来：

"把木牌劈了！"

"最讨厌'闲人免进'了！"

"强烈抗议拦路！"

小岚没理他们，她仔细地观察着四周环境。

突然，她看见十几米远的地方，有两个年轻男人坐在一块大石头上，边用帽子扇着风，边聊着什么。其中一个人还用根树枝在泥地上边说边画着。

小岚注意到，那两个人身边有两辆自行车，自行车的车头是向着大山方向的。

小岚走了过去，笑着说："两位好！"

那两个人看见来了一个又漂亮又有礼貌的女孩，都笑着点头回应："你好你好！"

"先生，你们是要往那边去的吗？你们知不知道，那里为什么封路了？"

"是的，我们是考古队的，正要去那边工作。山脚下新发现了一个古墓，正在发掘呢，所以封路了。"

"古墓？"小岚心里一阵惊喜，"是哪个年代的，很久远的吗？"

"看样子应该有千年以上了。"

"墓里埋的是什么人？"

"棺椁还没打开呢！但根据棺椁周边的陪葬品看，墓的主人应是贵族……"

“啊！”有人一声惊叫，把正在说话的三个人吓了一跳。

小岚一看，是不知何时跟了过来的李理美。他看着泥地上用树枝画的一只小乌龟，两眼发直。

那小乌龟应是刚才两个年轻人在讨论时，随手用树枝画的。小岚顺着李理美的目光仔细看看，也发现有点奇怪，因为那小乌龟背上的花纹，并非正常的几何图形，而是一些弯弯曲曲的奇怪符号。

那个穿黑色工作服的年轻人见李理美如此模样，便问：“你见过这花纹？”

李理美激动地点头，问道：“这有着特别背纹的小乌龟，是否刻在一只扁扁圆圆的陶瓶上面？”

“啊！”这回轮到那两个年轻人惊叫了，“正是正是！”

穿黑色工作服的年轻人说：“天哪，你怎么知道？我们刚才还在思量，不知道为什么古人会在乌龟背上画上这些奇怪的符号。”

李理美喊道：“我当然知道……”

李理美话没说完，就被小岚一把拉住，走到一边。

李理美伤心地说：“他们挖的是我哥的墓呀！那只小

乌龟是我刻在陶瓶上，再让陶工烧制的。龟背上的花纹是我们家族的徽号啊！"

小岚拍拍李理美的肩，以示慰问，又说："你如果不想让人当猴子般关起来研究，就别露出马脚。等会儿你别说话，我替你回答。"

小岚拉着李理美回到那两人身边，那两个人正用殷切的目光看着李理美，希望他能解开他们心中的疑问。

小岚说："刚才这位李先生告诉我了，那龟背上的花纹是他们家族的徽号。"

"家族的徽号？"

"是的，他祖先是历史上有名的人物……"

"谁？是谁？"那两人迫不及待地问。

"后唐末帝李从珂。"

"啊！"那两人互相看看，神情都非常激动。

穿黑色工作服的年轻人说："我们之前都猜测，按那墓葬的规格，里面埋的人肯定地位不凡，原来是出自帝王后代！看那墓的历史也有千年以上了，莫非……莫非我们挖到的是李从珂的墓？"

李理美摇头说："不可能。"

"你为什么这样肯定？"穿黑色工作服的年轻人狐疑

地问。

"因为……"李理美刚要回答，背后被小岚戳了一下，他赶紧住了嘴。

小岚对那两人说："其实李先生也不是太肯定，不如让他跟你们去墓地现场看看，或者能得出更准确的答案。"

去现场，就有机会查找传国玉玺的下落了。

那两人一听正中下怀，忙说："太好了，那就麻烦李先生跟我们走一趟，帮忙鉴别。"

小岚马上朝那边正坐着休息的五个人喊："喂，你们快过来。"

"呼啦"一下来了五个人，那两个年轻人一看吓了一跳，古墓挖掘重地，不可以让这么多人进入的。

他们不禁有点为难起来。穿黑色工作服的年轻人说："能不能就你们两位进去，他们……"

小岚也不想勉强，便对晓晴他们说："大家听着，我跟李大哥进去帮忙查勘古墓，你们五个人就在这里等着。"

偏偏有人想凑热闹。晓星说："不，我也要去！"

小吉说："我对文物鉴别有研究，我也去。"

两个女孩刚刚还在嚷脚痛，休息了一会儿已经舒缓过来，也嚷着要去。

荆轲没吭声，只是静静地看着小岚，等她吩咐。

小岚柳眉一竖，说："别说了，你们都乖乖地留在这里。"

那几个家伙哼哼唧唧的，一脸不情愿，晓星还摆出一副龙潭虎穴也要闯的架势。

小岚又向荆轲说："荆轲大哥，看着他们，一步不准离开，等我回来。"

"是！"

荆轲拦在晓星他们面前，让小岚他们离开。

晓星不服气，硬要跟着去，被荆轲提着衣领，像拎小鸡一样拎回来了。

第*19*章
一个四方形的印痕

　　小岚和李理美跟着那两个年轻人走入禁区。

　　经介绍知道，穿黑色工作服的年轻人姓朱，是考古队的副队长，另一位是姓白的考古学博士。

　　刚走了几步，只见草丛中一下站起四个身穿保安员制服的彪形大汉，每人手执一根警棍，喝道："什么人？"

　　白博士忙说："是我，小白。还有朱副队长！"

　　保安里一个高个子说："是你们！对不起。"

　　朱副队长问："怎么今天这么多人站岗？昨天才两个人呢！"

　　高个子保安说："朱副队长，昨晚墓地被盗了

……"

朱副队长和白博士大吃一惊："被盗？！有损失吗？"

高个子保安说："详细情形不清楚，你们赶快去看看吧！"

朱副队长和白博士让小岚及李理美坐上他们的自行车后座，心急如焚地往墓地奔去。

小岚心里也很着急，老天保佑，别让人盗走了传国玉玺！

自行车大约在路上走了五六分钟，就看到前面一个大坑，坑边有个五十岁上下的男人在跟身边一帮人说着什么。一见到朱副队长，那人便喊道："小朱，昨晚有人来盗墓。"

朱副队长着急地问："程队长，不是有人二十四小时守着吗？怎么会这样！"

程队长指指身旁一个穿保安制服的男人，说："大刚，你给朱副队长说说情况。"

那个叫大刚的保安说："我们昨晚有八个人轮流值班，从傍晚六点开始，每四人当值六小时。前半夜我和另外三个人值班都没事，到一点钟时，我们就换班了，回

到离墓坑约十米远的帐篷躺下休息。半醒半睡时，我闻到一股怪怪的香气，后来就睡得死死的了。我一直到早上七点才醒，醒时看见躺在旁边的几个队员还在呼呼大睡呢！我连忙叫醒他们，大家走到帐篷外面，却发现那四个值班的队员也睡得像死人一样。大家清醒之后，都不约而同说起昨晚闻到香气的事，感觉就像是那些武侠小说里讲的迷香一样。后来，我们再去查看墓坑，发现棺椁被人撬开了。"

朱副队长急忙问："那有没有查清楚，究竟丢失了什么？"

程队长说："经初步点算，棺椁旁边的青铜器及陶器一件没少，而棺椁里也似乎没有被翻过的痕迹，一副骸骨仍十分完整，头骨下一个陶枕也在。反正看上去，似乎什么也没有少。"

朱副队长说："那太奇怪了，贼人花那么大力气，迷昏了保安，撬开了棺木盖，却什么也没拿，这太不合情理。"

程队长说："不过，以前也有过先例，就是盗墓的是些文化层次较低的农民，他们只知道玉器金器值钱，对那些青铜器及陶器是不屑一顾的。他们并不知青铜器和陶器

的价值……"

趁着他们讨论的工夫，小岚拉着李理美，在墓坑旁仔细观察起来。

那是一个大约长十米、宽八米、深五六米的坑洞，里面的东西一目了然。中间是一副打开了的棺椁，棺椁四周放了许多青铜制及陶制的日常用品，例如碗碗碟碟、花瓶、罐子等东西。

李理美泪如泉涌，眼前景况和一千多年前一点没变，唯一不同的，是棺椁里只剩下哥哥李重吉的遗骨。

小岚很明白李理美内心的痛苦，她用手紧紧地握着他的手，表示安慰及支持。

李理美突然擦干了泪，说："我已经失去了哥哥，不能再失去父皇和母后了！小岚，帮助我回到过去，我要救出父皇和母后，我不能让他们葬身火海。"

小岚说："你放心好了，只要等时空器充满了电，我就送你回去。"

"可是，我可能没办法替你们找回传国玉玺了。看来，父皇所托非人，大将军并没有把玉玺放进哥哥的墓里。"李理美叹着气。

小岚安慰他说："李大哥，不要紧，你已经尽力

了。"

小岚心里其实很有点失落，不远千里来到此地，以为可以寻到传国玉玺，谁知……

她不想就这样放弃，继续搜索着墓穴里的每一个地方。突然，她的目光落在棺椁里的陶枕旁边——那里有个四四方方的印子，颜色跟旁边的有点不同。

她一把抓住李理美："你看那陶枕旁边有一小块四寸见方的痕迹，像是曾经有过什么东西搁在上面。"

李理美仔细一看："咦，真是有个方印子！那里一定曾放过一件四方形的东西。这东西一定是被盗贼拿走了！"

"四方形？是传国玉玺，拿走的一定是传国玉玺！"小岚激动地说，"我想，盗墓贼一定知道墓里有稀世珍宝，他是冲着传国玉玺来的，所以别的东西他一点不动，好让人们以为没丢东西而不加追究！"

"你分析得很对！"李理美不住地点头，"但他是怎么知道墓里有传国玉玺的呢？"

小岚说："这点我也想不通。但只要抓到盗墓贼，一切就会真相大白了。"

李理美说："但是，盗墓贼现在已经逃之夭夭了，上

哪儿去找？"

小岚信心满满地说："人走过必留下痕迹，天网恢恢，他一定跑不了的！"

李理美看着小岚那自信的眼神，用力地点点头。

"玉玺的事，要告诉朱副队长吗？"

小岚想了想："暂时别讲，因为你没法说清为什么知道墓里有玉玺。"

"对啊！"李理美点点头。

他突然觉得鞋底有什么东西，便用力跺了几下，鞋底下掉了一张小小的硬纸片出来。

眼尖的小岚发现那纸片上有字，便弯腰捡了起来。

原来是一张名片。

小岚的目光盯在名片上，愣住了。

财来拍卖行　副总经理

王莽

"王莽？！"

小岚记起了晓星和小吉说的有关遇到王莽的事。

她悄悄地把名片放进口袋，然后拉着李理美走回朱副队长身边，他们还在讨论着被人打开棺椁的事。

小岚说："朱副队长，请问你们考古队里有人叫王莽

吗？"

朱副队长说："王莽？没有啊。你干吗这样问？"

"噢，没什么。"小岚岔开话题，说，"朱副队长，你们不是想知道墓主人是谁吗？你们问李大哥好了。"

程队长看着小岚和李理美，问："这俩孩子是……"

"噢，对对对！那该死的盗墓贼把我弄糊涂了，还没给你介绍呢！"朱副队长一拍后脑勺，说，"我们昨天研究了很久不得要领的那只小龟背上的纹饰，原来是后唐最后一位皇帝李从珂的家族徽号，这位李先生，就是李氏后人，他是特地来帮我们解决疑难的。"

"哎呀，那太好了，我们要少走很多弯路了！"程队长大喜，他又朝其他人招手说，"大家过来一下，听李先生给我们介绍。"

看着哥哥的骸骨，李理美忍不住又涌出泪水，他强忍着把泪往肚里咽。

"墓里埋的，是后唐最后一位皇帝李从珂的长子李重吉，他在公元九三四年被闵帝所杀……"

程队长一拍大腿，喊道："我们之前的估计还真对了呢！我们猜是一千多年前的墓葬，果然是呢！"

他叫人赶紧把李理美的话记下来，又感激地对李理美说："李先生，太感谢你了，相信我们接下来的研究会顺畅很多……"

李理美说："我有一个小小要求，不知道你们能否答应。"

程队长说："没问题，你尽管说！"

李理美说："墓里的陪葬品你们可以取出研究，但希望把我哥……噢，把我先人的遗骸重新埋葬，我将感激不尽……"

李理美突然忍不住，大哭起来。

在场的人都被李理美对先人的孝心感动，只有小岚心里明白，那墓里埋的是他骨肉相连的亲兄弟啊！

程队长说："李先生，你放心好了，我们完成有关研究程序之后，会把令先人遗骸重新厚葬，我们说到做到。"

"谢谢！"

小岚想把李理美尽快带离伤心地，便跟程、朱两位队长告辞了。

第20章
千里追玉玺

小岚和李理美回到禁区外时，大家全围了上去，"小岚，怎么样？"

"小岚姐姐，找到玉玺了吗？"

小岚一脸凝重："昨天晚上，有人用迷香迷倒了保安，打开了棺椁，把传国玉玺盗走了。"

"啊！"

众人有的呆若木鸡，有的捶胸顿足，有的垂头丧气，有的怒气冲冲……晓星问："抓到贼没有？"

"没有！"

"啊！"

又是一阵叹息声、尖叫声、跺脚声。小岚掏出一张名片："但是，我在墓地旁边捡到一样东西。"

"王莽！"那名片上的名字马上引起一片尖叫。

晓星气急败坏地说："我早就说这王莽古古怪怪的，这传国玉玺一定是被他偷走了。"

小吉也说："是呀，他昨晚一夜未归，肯定是盗墓去了。"

小岚忙问："什么一夜未归？说来听听！"

小吉把他们一大早去1314号房门口"刺探军情"，遇到大嘴哥哥，得知王莽从晚上出去后就一直没回过酒店的事，一五一十地跟大家说了。

大家争相发表意见。这王莽一夜未归，而他的名片又出现在墓地，事情再清楚不过了，玉玺的失窃八成跟他有关。

但这王莽，是否就是曾经篡夺汉朝政权的那个野心家王莽呢？难道他从一千九百多年前来到了现代？难道他还想重温当皇帝的美梦？

还有，他又是怎样成为财来拍卖行的副总经理的？

小岚一挥手，大声说："大家别瞎猜了。要想知道原因，办法只有一个，就是找到这个不知是何许人也的王

莽。"

小吉说:"那我们先回酒店,看看他有没有回去。"

小岚说:"好,马上回酒店。"一大帮人风风火火地回到宾馆,又风风火火地冲进电梯。

大堂员工及来往客人都莫名其妙,这帮半大不小的男男女女,怎么像被人追杀似的。

一帮人直奔1314号房。

说来也巧,门"吱呀"一声开了,走出一个人来。大家一愣,莫非来人是……

只听小吉和晓星不约而同大喊一声:"大嘴哥哥!"

那人一愣,但马上又笑了,他嘴巴如常地咧得很大:"是你们呀,又找王先生来了?"

晓星说:"是呀,请问他回来了没有?"

大嘴哥哥说:"你们可真是没缘分。你们早上前脚刚走,他后脚就回来了。"

小吉和晓星异口同声地问:"那他现在呢?"

大嘴哥哥说:"他一回来,就匆匆地退了房,走了。"

"啊,走了?!"一片惊呼声把大嘴哥哥吓了一大跳,他倒退了一步,愣愣地看着大家。

　　小岚抱着一丝希望，问："你知不知道他去了哪里？"

　　明知可能没有答案，有哪个客人会告诉酒店员工他下一站去哪里呢！

　　没想到……

　　大嘴哥哥竟说："我知道。"

　　"啊，大嘴哥哥，我爱死你了！"晓星乐得抱住大嘴哥哥直嚷。

　　小岚大喜，忙问："能告诉我们吗？"

　　大嘴哥哥刚要张嘴，又犹豫了："这属于客人的隐私，不方便说！"

　　晓晴噘着嘴说："大嘴帅哥哥，请你告诉我们嘛！谢谢你啦！"

　　小云也说："大嘴哥哥，王莽是我们的朋友，我们千里迢迢来找他，有要紧事呢！"

　　她拼命眨眼睛，一副想哭的样子。

　　那大嘴哥哥是好人一个，再看到两个小美女着急的样子，忙说："那位客人买了今天中午十二点二十七分的飞机票，去胡栾国马提高市了。他还订了那里的菲仁酒店。"

"太棒了！"晓星高兴得一拍大嘴哥哥，"你真是路见不平出手相助行侠仗义聪明伶俐英明神武大智大勇的英雄豪侠啊！"

真是千穿百穿马屁不穿，晓星这没头没脑的恭维话竟也逗得大嘴哥哥高兴万分，他笑得嘴巴都快咧到耳朵根了。

小岚倒是冷静地追问了一句："你怎么知道得这么清楚？"

"我送餐到房间时，听见客人在里面打电话订机票，他说话声音挺大的，我在门口也听得到。"

"好，谢谢你！"小岚兴奋地喊道，她又看了看手表，"现在是十一点三十五分，现在赶去机场，说不定还赶得上王莽坐的那班飞机。我们马上办理退房手续，十五分钟后在大堂集合，目标：机场！"

十五分钟后，又有七名半大不小的男男女女风风火火、争先恐后地奔出酒店，见到的人又都一脸莫名其妙：该不会是酒店里失火了吧？他们坐的士到了机场，唉，晚了一步，十二点二十七分飞往马提高的那班飞机已经停止办理登机手续了。

一帮人又十万火急地冲往售票处，还算幸运，买到了

一小时后飞往马提高的飞机。

一小时后，他们的飞机顺利起飞了。这真是好兆头啊，竟然没有误点呢！这回追踪国宝有望了。

坐了五个小时的飞机终于到达马提高，在机场，他们发现很多乘坐上一班飞机的旅客还在等行李。原来，那班飞机因为天气不好而晚点差不多一个小时，才比小岚他们的飞机早了十几分钟到呢！

小岚说："晓星、小吉，你们留神看看，说不定王莽还在机场呢！"

晓星和小吉一听，马上把眼睛睁得溜圆，东张西望。可惜，直到走出了机场，坐上了的士，还是没有发现王莽的踪影。看来，他已经离开机场了。

第 *21* 章
得来全不费工夫

半小时以后，的士停在菲仁酒店门口。

酒店看上去还挺豪华的，只是好像缺乏管理，大堂显得乱糟糟的，有些客人拿着许多行李，也没有服务生上来帮忙。

大伙儿在大堂找地方坐了下来，小云和晓晴自告奋勇去打听王莽的情况。

两人跑到大堂柜台，问接待小姐："我们想找一名叫王莽的客人，他住几号房间？"

接待小姐回答说："小姐，不好意思，我们不可以随便透露客人信息的。你们把名字告诉我，我打电话通知客

人，让客人跟你们联络。"

小云和晓晴又使出之前求大嘴哥哥的"软功夫"：

"告诉我们嘛，我们有很急的事！"

"是呀，谢谢你！"

唉，一点也没有用，接待小姐不为所动。

小云、晓晴灰溜溜地败下阵来，小吉和晓星"前仆后继"，他们拍着胸口异口同声说："瞧我们的，保证马到功成！"

"好姐姐，我们有很急很急的事找王莽，做做好事告诉我们他住哪个房间好不好？"

"漂亮姐姐，我们谢你十八辈子！"

几个接待小姐看见两个长得一模一样又嘴巴甜甜的可爱男生，都挤过来逗他俩说话，可是，她们到底还是没有说出王莽住哪里。她们说，因为早两天酒店里曾发生客人被黑社会寻仇事件，所以酒店高层勒令不可以随便泄露客人信息，如有发生，马上辞退，因此……

看到小吉和晓星又兵败滑铁卢，晓晴和小云都幸灾乐祸："马到没成功吧？"

"瞧我的！"小岚站起来，朝柜台走去。

她想：天下事难不倒马小岚，看本公主的！

　　一个搁在大堂边上的大告示牌差点把她绊倒，她停了停，眼睛不经意间瞧见了告示牌上面的字。

　　"哈哈！"她得意地笑了两声，折返了。

　　大伙儿一见，忙问："这么快就回来了，问到了没有？"

　　小岚说："不用问了。"

　　"啊！"一个个莫名其妙。

　　小岚指指那个告示牌，说："你们去看看那个告示牌。"

　　大伙儿"呼啦"一下涌到告示牌前面。告示是用英文写的，只有晓晴和晓星看得懂，他们两个看得直乐，晓晴大嚷："真是得来全不费工夫，王莽住在2526号房呢！"

　　其他四个古代人，却被那些弯弯曲曲的"鸡肠字"弄糊涂了，都问晓晴、晓星上面写着什么。

　　晓星得意地说："那上面说：明天上午，财来拍卖行在酒店小会议厅举行的拍卖会将如期举行，已报名者请准时于九时进入拍卖场地。仍未报名者，请联络2526号房间，王先生。"

　　大家都开心极了，果然是得来全不费工夫啊！财来拍

卖行，不正是王莽名片上那间拍卖行吗？这王先生，分明就是王莽了。

再看看标明的那些拍卖物品，有青花瓷，有古钱币，有唐三彩……最后一行写着：不便公开的稀世之宝。

大家都很激动，"稀世之宝""不便公开"？哼，分明把传国玉玺拿来这混乱之区，销赃来了。

大家"呼啦"一声回到小岚身边，等她安排下一步行动。

小岚说："我得再确认一下，那王先生是不是王莽。"

她拿出手机，拨通了大堂的柜台电话："喂，请转2526号房间。"

那边传来一个女声："请问2526号房间客人名字？"

小岚说："王莽。"

女声说："好的，你等等。"

电话接通了，传来一个粗粗的男声："谁？"

小岚说："请问是2527号房间的陆先生吗？"

"打错了！"电话"砰"一声挂上了。

小岚朝大家做了个胜利的手势，大家高兴得欢呼起来。

"嘘—"

小岚把手指搁在嘴边，提醒他们低调点，大家都赶紧捂住嘴巴。

因为晓星他们四个人刚才都在接待处亮过相，为怕引起怀疑，小岚便让他们在大堂待着，自己则带着李理美和荆轲去登记订房。

小岚问接待小姐："请问二十五楼还有房间吗？"

接待小姐在电脑上查了查，说："还有啊！二十五楼全是商务套房，两房两厅一洗手间，房间里都是双人床，你要几间？"

小岚说："要三间，有吗？我们三个人，一人一间。"

"有啊。现在不是旅游旺季，客人不多……"接待小姐看了一会儿电脑记录，"那就2525、2527和2529吧。"

"谢谢啊！"

那接待小姐一边替他们办手续，一边偷偷地打量他们，心想这三名客人可真富贵，商务套房住一晚挺贵的，可他们竟然每人住一间！

她哪里知道，小岚这叫"渔翁撒网"，她希望碰巧会有一间在王莽住的2526号对面，这样就方便他们进行监视了。

办妥手续后，小岚吩咐荆轲和小吉留在大堂，如果发现王莽离开酒店，就打电话告诉她。

其他人就进了电梯，直奔二十五楼。

真巧！2525号房刚好在王莽房间对面呢，2527号和2529号房就在王莽房间斜对面，小岚他们可以多角度对王莽进行监视了。

小岚估计王莽还在房间，她马上调兵遣将——

她跟小云、晓晴留在2525号房，可以直接从猫眼监视对面；而晓星和李理美就留在2527号房，他们采用房门半掩法，可以看、听兼备，留意斜对面王莽房间的动静。

一切安排妥当，就等有机会进入王莽的房间了。

晓晴问："小岚，你为什么这样肯定东西在王莽手上呢？他会不会交给了别人，或者已经送去了银行保险

库？"

"我只是猜测而已。"小岚说，"按时间推算，王莽应来不及把东西送到别的地方。"

"他会不会在机场就交给了别人保管？"

"这么重要的东西，他一定不放心交给别人保管。东西应该还在他手上。"

第22章
公主的"邪门歪道"

三个女孩子不时从猫眼监视对方情况。大约七点，小岚的手机突然一阵震动——有电话进来了。

电话那头传来晓星紧张的声音："2526号房间有人出来了！"

小岚赶紧把眼睛凑近猫眼，果然，对面房间走出两个男人来，一个顶着一头金色头发，一个又瘦又高，看外表特征，分明是小吉和晓星口中所说的王莽和另一名可疑人瘦子呢！

只见王莽提着黑色手提包，瘦子则两手空空，两人出门后，鬼鬼祟祟地朝两边走廊张望了一下，就往电梯走

去了。

小岚急忙吩咐晓星："你赶快和李大哥跟着他们，看他们去哪里，打电话告诉我。"

过了一会儿，听到电梯那边传来开门声、关门声，接着就静悄悄的了。

小岚打开门，朝外看看，电梯那边已经没有人了，相信晓星和李理美已跟着王莽两人进了电梯。

她关上门，开始等着电话。

屋子里的气氛挺紧张的，连一向话多的晓晴和小云，此时也静静地等待着。

小岚的手机又震动起来。

是晓星！他压低声音说："我们跟着王莽，原来他们是去楼下西餐厅吃饭。我和李大哥已经跟了进去，在他们后面找了张桌子坐下了……他们正在看菜单，看样子一时半刻不会回房间……"

"太好了！"小岚喊了起来，"你盯紧点，他们一旦有什么动静，就赶快打电话通知我。"

"知道！"

小岚又拉开门伸头看看外面走廊，静悄悄的，连一只苍蝇也没有。

"好，我们启动第一计划。小云，把发夹借给我开锁。"小岚伸手取下了小云头上一个草莓发夹，又说，"我现在就去对面房间寻找玉玺。你们俩分别守在电梯那儿和楼梯间，一旦发现有人上来，就马上打电话告诉我。"

小云有点莫名其妙："这发夹也能开锁？"

"你不知道我们公主博学多才，连邪门歪道也懂一点点吗？"晓晴拉了小云一把，说，"走吧，我们替小岚把风去，你在电梯那边，我在楼梯间……"

小岚说："小心点啊，让人看见本公主在此干些鸡鸣狗盗之事，那我颜面何存！"

"嘻嘻……放心吧，公主！"晓晴笑着说。

大家分头行事。

小岚走到2526号房间门口，看看左右没人，便蹲下去将发夹放进钥匙孔，一下一下地拨弄着……

幸亏这酒店用的仍是旧式门锁，如果是电子锁，那她的小伎俩就无法施展了。

忽然，有个声音在她身后响起："小姐，你在干什么？"

小岚吓得魂飞魄散。

幸亏她的应变能力很好，她马上站起来，说："没什么，我在开门呀！"

站在她身后的是一个穿着保安制服的男人，他手里拿着一个很大的电筒，狐疑地看着小岚："你是在开门，但好像用的不是钥匙……"

"怎么不是呀？"她摊开手，手里是一条连着房号牌子的酒店门钥匙。

"噢，对不起！"那人看看房号，说，"小姐，你走错门了，这间才是你住的2525号房。"

他指了指对面房间。

小岚装出恍然大悟的样子："哦，怪不得刚才怎么也打不开门！谢谢你啊！"

保安走了。

小岚擦擦额头上的汗，舒了一口气，向楼梯间望去，见晓晴一手拿着手机在跟谁讲话，一手向她举手作道歉状。

原来晓晴刚才只顾跟人聊天，竟连保安走进来也没察觉。

　　小岚朝她举起右手，做了一个敲人脑袋的手势，心里气呼呼的："坏晓晴，差点误了大事。等会儿非给你个'炒栗子'吃不可！"

　　小岚又继续开门锁，不一会儿，"咔"一声，门被打开了。

　　小岚心里欢呼了一声，闪身进了房里。

　　她迅速翻寻起来。

　　小保险箱的门是虚掩着的，箱子里面没有任何东西。

　　行李箱、衣柜、床头柜、电视柜、书桌，没有！枕头下、床底下，也没有！甚至浴室、洗手间也找了一遍，还是没有！

　　在哪里呢？

　　突然，她想到了王莽刚才离开时拿着的手提包……

　　啊，王莽把玉玺带在身边了！

　　她走出2526号房，关上门，又打了个电话给晓星。晓星一听小岚的声音，就着急地问："找到玉玺了吗？"

　　"没有。"小岚又问，"王莽还带着那个黑色手提包吗？"

晓星说："是呀！他一直放在身边，不时用手摸着，好像很小心的样子。啊！莫非……莫非玉玺在里面？！"

小岚说："很有可能。你记着，先别做任何动作，继续监视着他们，有动静就通知我。我们商量一下如何做，再告诉你。"

小岚又急忙打电话把晓晴、小云，还有荆轲及小吉叫了回来。

众人集中在2525号房，小岚说："情况紧急！玉玺很可能就在王莽带着的那个黑色手提包里。大家都出出主意，怎么办？"

荆轲说："我现在就去找那贼人，以我的武艺，不信抢不回来。"

小岚摇头："不行啊，餐厅里还有其他客人，打起来很容易伤及无辜。"

小云说："晚上趁他们睡着的时候，小岚再开门进去，把玉玺取走！"

晓晴说："房间里放着这么宝贵的东西，他们一定十分警惕，万一小岚被抓住，那便再糟糕不过了。到时全世

界报纸都会报道：乌莎努尔公主马小岚，在马提高因入屋盗窃被捕，那才叫震惊呢！"

"我有办法！"小吉眨眨眼睛，"不可以明抢，但可以暗取呀！"

小岚挺感兴趣地问："怎么个暗取法？"

小吉说："你们等等。"

说完，小吉跑回2527号房，拿来了他的那个大背囊。他伸手在里面翻了一会儿，拿出一个四四方方的东西，在桌上一放。

"假玉玺！"大家一齐嚷嚷起来。

小岚拿起假玉玺，讶异地说："好小子，你不嫌重吗？怎么把这个也带在身上了！"

小云睨她弟弟一眼："他呀，就喜欢把好玩的东西都带在身上。"

小吉说："还幸亏我把它带来了，要不，怎么可以演一出偷梁换柱的戏呢？"

"偷梁换柱？用这假玉玺换走王莽手提包里的真玉玺？神不知鬼不觉，又不用打斗伤及他人……"小岚笑嘻嘻地看着小吉，"好办法好办法！"

小吉受了鼓励，十分开心。

"不是说王莽包不离身吗？这好难哦！"小云表示质疑。

小岚说："不难不难。我们只需用笨办法，这样这样……"

小岚又调兵遣将。一切安排就绪后，她打了个电话给晓星，问道："你那里情况怎样？"

晓星压低声音说："他们吃完饭了，刚开始喝餐茶。啊，瘦子捂着肚子去洗手间了……"

小岚一听大喜，又急忙问了其他一些情况，便对身边几个伙伴说："瘦子上洗手间了，只剩下王莽一人。大好时机，我们可省去引走瘦子的麻烦了。好，第二计划正式启动，带齐行李，出发！"

大家所谓的"行李"，无非就是一人一个背囊，所以一会儿就收拾妥当出发了。

在去西餐厅的路上，小岚又跟晓星简单地讲了行动计划。

第23章
在马提高遇上叛乱

正如晓星所描述的，餐厅里客人不多，二十多张桌子只有七八张坐了人。王莽坐在餐厅中段靠墙的一张桌子旁，在他周围，除了后边桌子坐了晓星和李理美外，其他三四张桌子都是空的。

五个人分成三批走进餐厅。

荆轲先进去，他走到晓星和李理美坐着的那张桌子旁坐下。

小岚带着小云和晓晴经过王莽的桌子，在他正对着的一张空桌子前坐下了。

小吉站在门口，等候时机。

　　王莽正拿着杯奶茶，慢慢喝着，见前面桌子坐了三个少女，一个比一个漂亮，竟看呆了。小吉在门口看到，心想机会来了，便蹦蹦跳跳地跑了进去，经过王莽身边时，故意往他身上一撞——

　　"呼啦"一声，大半杯热奶茶泼落在王莽身上，他被烫得跳了起来。

　　王莽马上露出一副凶巴巴的模样，骂了一声："臭小子，看我揍你！"

　　这时，小岚、小云和晓晴全跑过来了。

　　小岚装出一副抱歉的样子："对不起对不起，是我弟弟不小心！"

　　她又故意骂小吉："你太调皮了，回去告诉妈妈罚你！"晓晴和小云就一左一右，用纸巾替王莽擦衣服上的奶茶。

　　王莽收起了凶相："不要紧不要紧……"

　　谁知小吉却朝他伸舌头扮鬼脸："活该！活该！"

　　王莽大怒，伸手要打："臭小子！"

　　小岚等三个女孩子忙围上去劝阻，又故意用身子挡住王莽视线……

　　趁着混乱，坐在王莽后面的荆轲伸手往王莽的手提包

一摸，果然摸到方方正正的、硬硬的一个东西。他迅速打开手提包，把那东西拿了出来，又从自己背囊里拿出小吉的假玉玺，塞了进去。

荆轲不愧是著名剑客，他的动作太敏捷了，一切只在几秒内便完成了。

这边荆轲刚弄好，那边王莽已想起身边的手提包，只见他推开小云，拿起手提包一摸，摸到东西仍在，才放下心。他又一手护着手提包，一手指着小吉大骂。

这时，荆轲那桌子的人已起身离开餐厅，小吉见状，知道他们已成功偷梁换柱，便赶紧装出害怕的样子，抱着头跑出餐厅。

"你这坏小子，看我们教训你！"小岚、小云和晓晴边骂着，边追了出去。

他们都没有回酒店房间，而是按计划去了对面的达威酒店，一会儿，七个人就在大堂集合了。

荆轲拿出玉玺，李理美凑近仔细瞧着，马上面露激动之色，他用手指着玉玺下方一处地方："看，是小乌龟，我刻的小乌龟呢！这是真正的传国玉玺啊！原来大将军不

辱使命，把我父皇委托的事办好了！"

大家高兴得直想欢呼，但看到小岚急忙发出的"噤口令"，又忍住了，只是一个个忍不住咧嘴笑——终于找到传国玉玺了，真是不枉此行啊！

唯独荆轲，他看玉玺的眼神总有点怪怪的，像看着个不共戴天的仇人。

他心里还恨着秦王，而且"恨屋及乌"，也恨这个传国玉玺。

只是他尊重小岚，所以又爱屋及乌，没有出手破坏。

因为恐防王莽发觉玉玺已被调换，小岚便带着众人，从达威酒店的后门匆匆离开。他们分乘两辆的士，直奔机场而去。

留在这里多一刻，危险都仍然存在，得赶快把传国玉玺带回中国，让这稀世奇珍完璧归赵。

小岚、荆轲、小吉和晓星坐一辆车，小云、晓晴和李理美的车子紧跟在后。

小吉和晓星开心得不断唱着歌。小岚的背囊里放着传国玉玺，所以她有点紧张，一直用手捂着。她只希望到机

场后顺顺利利地买到去任何一个地方的、马上起飞的航班机票，尽快离开此地。

谁知还真的应了"好事多磨"这个词！

车子刚进入前往机场的那条路，就被几个持枪警察拦住了。

晓星一下子小脸发白，在小岚耳边小声说："糟了，莫非王莽报了警，来抓我们了？"

小岚也不禁吃了一惊。但想想，胡栾国的警力向来涣散，做事哪有这么雷厉风行？这一刻报警，他们可能得到几小时后才有所行动呢！

小岚断定这关卡不是针对他们的。

这时，一个警察走来，用当地话向司机咕噜了几句，那司机扭头跟小岚说："反政府的黑衫军占领了机场，机场暂时关闭了。"

小岚一惊，这么一闹，机场真不知道哪天才能重开呢！

马提高一定不可留，王莽很快就会找来的。

她急忙问司机："司机先生，这里太危险，你能载我们去别的地方吗？就去邻近城市白唐高行吗？我们可以出

三倍的车钱给你。"

司机摇摇头："你给多少钱都不行。因为政府为了防止黑衫军增援，已实行全城戒严，我们出不去。我就做做好事，把你们送去酒店吧！去黑山酒店，那里较安全，房间玻璃都是防弹的。"

小岚无奈，只好谢过司机伯伯。

晓晴他们那辆车的司机叔叔可没有这伯伯这么好，他正在赶客人下车呢！他说路面不安全，得马上回家躲避。

司机伯伯见了，马上过去对那叔叔又是劝又是骂的，那司机叔叔最后才勉强点了头，答应载他们去黑山酒店。

半小时后，两部的士都到了黑山酒店，那司机叔叔拿了双倍的车钱，一溜烟把车开走了。

好心的司机伯伯叮嘱说："你们最好不要再上街了，免得流弹伤了你们。"

小岚向伯伯谢了又谢，又塞给他一些钱。但伯伯只拿了该拿的车钱，就走了。

此时已是晚上。一行人站在酒店门口观察市面情况，看见大街上的商铺全都关了门，少数行人都急匆匆走着，有荷枪实弹的军人在吆喝着，驱赶着一些走得慢

的行人。

　　"砰"，不知哪里有人放枪，枪声吓得所有人一惊，街上的行人都没命地跑了起来。

　　小岚和众人赶紧走进酒店。

第24章
万卡从天而降

　　黑山酒店的接待处乱糟糟的，办理入住的客人挤成一堆，可能因为事情发生得紧急，好些本来准备离开的旅客都被迫留下来了。

　　晓星和小吉自告奋勇去办理入住手续，他们仗着个子小在人群里一下便挤到了柜台前，很快便订下了三个房间。

　　一帮人入住各自房间，放下东西，又不约而同地集中在小岚等三个女孩住的大套房里。

　　小吉和晓星把鼻子尖贴在玻璃上，看着下面冷清清的街道。

"噼里啪啦"，一串吓人的枪声在寂静中发出巨大轰响，吓得小吉和晓星赶紧从玻璃窗边弹开。

晓晴和小云脸色刷白，赶紧躲到荆轲身后，一人抓住他一只胳膊。

小岚瞪了他们一眼，没好气地说："躲什么！这是防弹玻璃，没事的。"

"唉，真倒霉！还以为大功告成，可以马上回家了，谁知道还得待在这讨厌的地方。"晓晴往床上一倒，大声抱怨着。

晓星说："姐姐，我们算幸运了，遇到了好心的司机伯伯，把我们送到这安全的地方。要不，这时候还不知道被扔在哪里，耳边子弹'嗖嗖'响，叫天不应，叫地不灵呢！"

小岚说："晓星说得对，情况不算糟，起码现在不会有生命危险。如果我们在半路上，又人生地不熟，那才叫惨呢！"

晓晴一骨碌坐起来："小岚，真的不要紧吗？"

晓星睨他姐姐一眼："你真胆小！你不知道吗？跟着小岚姐姐，就没问题。"

小岚一挺胸："当然，天下事难不倒马小岚嘛！"

那四祖孙，还有李理美，都不约而同地喊道："对，天下事难不倒马小岚！"

荆轲没吭声，却把佩服的目光投到小岚身上。一个弱质纤纤的美少女有如此豪气及胆略，令他这个侠骨雄心的大剑客也为之折服。

一帮人开始哈欠连天了。小岚说："喂喂喂，别在我们这里睡着了，我们三个女孩子可没力气抬你们男子汉回房间，快回去睡吧！"

男孩们一个个打着哈欠离开了小岚她们的大套房。

入夜，睡在另外两张床上的小云和晓晴打起了轻轻的呼噜，小岚却翻来覆去，怎么也睡不着。

其实，她一直担心着呢！

马提高这地方政治斗争频繁，之前也曾发生过好几次执政党和反对党黑衫军的争斗，都导致了交通全部瘫痪，要军队出动镇压，十多天后才能恢复正常。

十多天，这对传国玉玺的安全存在多大的变数啊！

王莽不是善男信女，他挖空心思盗走传国玉玺，来到马提高拍卖，就是想将国宝换个好价钱。如今美梦落空，他能善罢甘休吗？

此等无耻之徒要是发起狠来，他们不知能否跟他抗衡。马提高黑社会势力猖獗，如果他利用这股势力寻上门来，那他们就更加危险了。

小岚爬起床，走到窗边，希望能看到外面的情况，但这酒店用的防弹玻璃透明度不怎么高，外面朦胧一片。她想了想，便打开房间门，悄悄走了出去，乘电梯一路到了天台。

借着月色，她发现天台上有个直升机的停机坪，不禁心想，要是有架直升机就好了，那就可以马上从这里直接离开，到安全的地方再转乘回国的航班了。

可惜，在马提高她一个熟人也没有，更谈不上能帮忙的朋友了。

她不禁想念起万卡来。唉，要是他在就好了。天下事真真正正难不倒的，不是马小岚，而是万卡呢！

黑山酒店楼高七十层，所以小岚能把马提高市面情景一览无余。

只见全城民居都乌灯黑火的，不知是因为实行灯火管制，还是市民生怕灯光会招来危险，所以都不敢开灯。

东面机场倒是灯火通明、人声鼎沸，还有高音喇叭

在喊着什么，又不时响起几下刺耳的枪声；通往机场的路上有长长的一串车灯，应是政府派更多军队去进行镇压……

小岚抬头看着无垠的苍穹，一轮明月正发出宁静、淡淡的光芒。不管人间发生什么事，她仍然公平公正地普照众生，不管你什么政见，什么人种，什么疆域。

小岚不禁双手合十，嘴里念道："月亮姐姐，请您保佑地球和平、人类友好；请您保佑马提高动乱早日停止；请您保佑传国玉玺平安回到中国……"

"哈哈哈……"突然，身后有人发出一阵狂笑，把小岚吓了一跳。

她回头一看，啊，竟是王莽！他追到这里来了！

王莽看着小岚，脸上露出狰狞的笑："带传国玉玺回中国？你别痴心妄想了！"

小岚毫不示弱，她对王莽怒目而视："你这个盗玺大贼！你盗取中国珍贵文物，还想私自进行拍卖，你才是痴心妄想！"

"哈哈哈！"王莽又仰天狂笑了一会儿，说，"小美女，你斗不过我的，我能先你们一步拿走玉玺，就证明我

智慧过人兼运气好……聪明的，马上把玉玺还我，要不你的小命不保！"

"大胆恶贼，竟敢羞辱本公主！"小岚怒骂一声，她伸出长腿就朝王莽踢过去。

王莽一闪避过，挥拳就朝小岚打来。小岚毫不畏惧，用手一格。

她马上感觉到手臂一阵剧痛，好像要断了的样子。看来自己还真不是王莽对手！她急得竟想大呼：万卡救我！

没等她嚷出口，就听到有人大喊一声："欺负小女孩，算什么男人！"

一个高大的身影闪来，横在王莽与小岚中间。

小岚一阵狂喜，难道真的这么神奇，一想万卡，万卡就来了？

定睛一看，啊，原来不是万卡，是荆轲大哥！

王莽吓了一跳，马上停止进攻。他不怀好意地看着荆轲，说："原来是中国历史上的天下第一剑客，荆轲英雄。"

荆轲狐疑地看着王莽："你怎会认识我？"

王莽阴阴地怪笑着："当然认识！那天我刚好一个人

登山晨练去龟背地，把你们的秘密全听到了。从那以后，我一直跟着你们，只不过你们太笨，没发觉而已。"

小岚心内懊恼，自己也太大意了，原来王莽之所以能顺利地从古墓盗走玉玺，都是他们不小心造成的。

"哼，真是阴险小人！"小岚生气地说，"你跟篡汉的王莽是什么关系？莫非……"

"莫非……莫非你以为我也是从过去来的？以为我就是那个做了皇帝的王莽？"王莽奸笑道，"我也想早生两千年，过一下做皇帝的瘾。可惜我只是王莽的子孙。"

小岚鼻子哼了哼："哼，一个篡权，一个盗玺，你和你祖宗一路货色！"

王莽阴阴笑道："成者为王，历史向来如此。小美女，别再嘴硬了，赶快交出玉玺，免你一死。"

小岚说："有我荆轲大哥在，你休想得逞！"

王莽仰天狂笑："就凭他？一个剑客如果没有长剑在手，他还能神气到哪里？"

"大胆狂徒，看拳！"这时荆轲早已忍不住了，挥拳就朝王莽打去。

王莽迎了上来，两人拳来拳往，打得难分难解。但渐渐地分出优劣来了，荆轲正义在胸，所以气势很快就压过了王莽。

王莽乃一无耻之徒，见打不过荆轲，便拔出一把明晃晃的短刀，向荆轲乱刺。

小岚怕荆轲受伤，正想冲上去助阵，就在这时，王莽趁荆轲露出了一个破绽，持刀猛地向着荆轲刺去……

此时，荆轲要避也来不及了，锋利的刀尖，瞬间已刺到他胸前……

"荆轲大哥！"小岚惊叫一声。

就在这时，就在王莽的刀尖还差零点零零零零一秒就插入荆轲心脏的危急之时，神奇的事发生了。

一团蓝光瞬间出现，把荆轲裹住，王莽像碰上一张弹簧床垫一样，连人带刀子被弹了回去，跌在地上。

转眼间，荆轲的身体腾空而起，又飞速旋转着，很快就不见了。

小岚高兴得流下泪来，她明白，荆轲大哥是回到过去了。他在危急关头被蓝光带到现代，又在危急关头被蓝光带回古代了。

天怜英雄，命不该绝！

小岚遥望长空，心里默默地为荆轲大哥祝福，祝愿他回到战国，放下仇恨，和银月公主幸福快乐地生活在一起。

再说王莽眼巴巴看着荆轲从他刀口脱险离去，不禁懊恼万分。他惊魂稍定便爬了起来，向着几步之外的小岚喊道："跑得了和尚跑不了庙！小美女，快拿玉玺来，我已经不耐烦了，再不还我玉玺，我真对你不客气了！"

小岚还没吭声，便听到身后响起一片声音："谁敢欺负小岚！"

"呼啦"一声，围上来一大帮人，保护住小岚。

正是晓晴、晓星，小云、小吉，还有李理美。

王莽先是吓了一跳，再看看是那帮换走他宝贝的少男少女，又狞笑起来："哈哈，太好了，全都送上门来了，我正要找你们算账呢！竟敢用偷梁换柱、偷天换日的诡计换去我的宝贝。我饶不了你们！"

晓星大声地"哼"了一下："不害臊，那宝贝是你的吗？是我们国家的，是中国人的。你偷国家的东西，

还要卖到国外，你是彻头彻尾的盗玺大贼，出卖文物的大贼！"

"对，大贼！大贼！大贼！"大家异口同声地喊着。

王莽恼羞成怒，他举起刀子，说："我不把你们剁成肉酱，我就不姓王！"

小岚见他脸露凶光，慌忙上前护住众人："不许伤害我的朋友！"

王莽却没有住手的意思，他一步步逼近小岚他们。

情况万分危急。

"嗖"，不知哪里飞来一枚飞镖，正扔中王莽持刀的手。王莽惨叫一声，刀子落到地上了。

几乎是同时，一张绳网从天而降，"啪"一声落地，刚好网住了王莽。王莽急忙挣扎，却被越网越紧。

大家又惊又喜，抬头一看，原来不知什么时候，一架直升机已来到上空，刚才他们集中精神对付王莽，竟没有发觉。

只见机舱门口站着一个人，正朝地上的人挥手。大家欢呼起来，他一定就是刚才扔飞镖、抛绳网制止王莽行凶

的人。

小岚感激地望着那人，她心里奇怪，在这陌生的城市，有谁会来救他们呢！

直升机的大灯突然一亮，把站在机舱门口的那人照得清清楚楚，只见他英俊刚毅、气度不凡——竟是万卡！

"万卡哥哥！万卡哥哥万岁！"晓晴、晓星欢呼起来。

万卡微笑着朝他们挥手。

直升机徐徐降落停机坪，万卡跳了下来。晓晴迫不及待地想扑上去拥抱他，却让晓星一把拉住了："小岚姐姐优先。"

万卡走到小岚面前，小岚歪着脑袋瞅着他，笑嘻嘻地问："你是怎么找到这里来的？"

万卡微笑着说："是阿猛通知我的。"

小岚有点奇怪："马提高并不是乌莎努尔友好国，他们怎会让你坐直升机进来？"

万卡笑了："他们要求我以极优惠的价钱卖一批石油给他们，我答应了。"

　　小岚有点气愤："哼，多贪心！"

　　万卡一把将她搂进怀中："没关系，他们要求再多我也会同意的。在我心目中，你比什么都重要。"

第25章
国宝回家

一周后，中国香港。

礼宾府的贵宾室内，正举行着一个简单的国宝交接仪式。在场的除了六个寻宝勇者之外，还有古文物评鉴权威杨学书教授和他的几个高足。

见证者有乌莎努尔国王万卡、中国香港特区行政长官。

当然少不了一大批闻风而来的中外记者。

当小岚把传国玉玺交到杨教授手里时，老教授老泪纵横，大声喊道："传国玉玺终于回家了！我此生无憾了！"

吕小凡代表中国政府，向马小岚等六人颁赠荣誉证书。他说，日后会在北京安排一个隆重的"国宝回家"典礼，希望小岚等人都能出席。

小岚说："好的，如果时间许可，一定出席！"

交接仪式一结束，小岚等人就被记者重重包围了。

"小岚公主，您真是能人所不能。不久前刚在敦煌帮忙寻回了失踪多年的金字大藏经，这次又找到了失踪几千年之久的传国玉玺，您真厉害啊！"

"小岚公主，传闻您有超能力，不知是不是真的？"

"小岚公主，您能跟我们讲述找寻玉玺的详细过程吗？"

小岚当然不可以讲出过程，因为有很多东西无法说清楚，她也不想事情曝光让小云、小吉和李理美被人当白老鼠般来研究。

正在混乱之际，有四个身穿白色西装的男子拨开人群走了进来，为小岚等人隔开一条通道。

啊，是阿猛他们呢！

小岚从来没有像今天般觉得他们如此重要，她说了声

"谢谢"，便赶紧从通道里离开了。

外面特首先生早已备好车子，把一干人等送回酒店。

之后是一段很快乐的日子。

万卡抛下国务，和小岚等人在香港玩了三天，在迪斯尼乘过山车、坐咖啡杯……

两周后。

到了一帮朋友分手的时候了。

时空器已充满了电，可以使用了，小云、小吉和李理美也要回家了。

他们计划好，由小云、小吉先送李理美回后唐。李理美希望回到城破的前一天，他决定说服父皇李从珂放弃幻想，急流勇退，一家人离开皇城，找一个山清水秀的地方，过平淡日子。

小云、小吉把李理美送回后唐，再回他们宋朝的家。但有个难题就是：怎样把时空器交回小岚呢？大家都没了主意。

小岚突然想起什么，高兴地说："有办法了！"

大家都朝她看去。

小岚说："小云、小吉，你们记不记得，我们在宋代

的时候，小吉曾在莫高窟挖了个洞放了一个陶制盒子进去，准备利用盒子寄信给未来的我的……"

小吉一听便明白了："对对对，小岚姐姐，你一定是要我回到宋代后，把时空器放进陶制盒子里，你稍后就可去那个地方，取回时空器！"

小岚竖起大拇指："聪明！"

小云说："咦，这是个好办法啊！"

晓晴、晓星都很兴奋，抢着说："太好了，以后我们还可以用这办法通信呢！"

大家都很高兴，只有李理美有点闷闷不乐的。与大家相处多天，他也喜欢上了这帮又勇敢又可爱的朋友，舍不得离开他们。但他不知道回后唐后命运如何，也不知将会在哪里栖身，所以无法跟朋友们约定什么。

"李大哥，别不开心。"小岚猜到他心里想什么，"友谊不在乎天长地久，只在乎曾经拥有，我们把彼此记在心里，就不枉相识一场了。希望你回到后唐，救出你家人，然后好好地生活下去。"

李理美感动地看着小岚："谢谢你！"

三周后，乌莎努尔。

御花园里，风光明媚，小岚一个人坐在秋千上，一荡一荡的。

忽然，秋千渐渐慢了下来，又慢慢停住了。她微微地仰起头，看着万里蓝天，在默默地沉思着。

万卡悄悄地走近，在离小岚十几步远的地方停下来了，他用欣赏的目光打量着心爱的女孩。

他看惯了她活泼的样子，开心的样子，发小脾气的样子，发号施令的样子……原来，她沉思的样子也这样美。

"啪！"不小心踩到一根树枝。

小岚被惊动了，朝发声的地方看过来。

"嗨！"她高兴地喊了一声。

"嗨，小岚！"万卡朝她走去。

"一块儿坐。"小岚往一边挪挪，让万卡跟自己一块儿坐在秋千上。

万卡问："在想什么？"

小岚回答："想荆轲大哥。"

"哦……"万卡心里有点酸溜溜的。

小岚侧着头看了他一眼，捂着嘴嘻嘻地笑了起来："哦，你吃醋！"

万卡脸有点发红，说：“没有啊，我哪有！”

“有有有！”

“没有没有没有！”

“就是有有有！”

“就是没有没有没有！”

“嘻嘻嘻！”小岚调皮地笑了。

万卡禁不住伸手把她的鼻尖刮了一下：“好啊，你捉弄我！”

“哎哟！”小岚夸张地嚷了起来。

万卡吓了一跳：“弄疼你了？”

“是呀，你看，都红了！”小岚噘起嘴，用手指着鼻尖。

万卡急忙凑近，用嘴去吹小岚的鼻尖。

说时迟那时快，小岚伸手在万卡的鼻尖上弹了一下。

“哎哟！”万卡用手捂住鼻子。

“哈哈哈……”小岚笑得浑身乱颤。

“小坏蛋！”万卡忍俊不禁，也笑了起来。

静静地伫立在几十步远的一帮侍女，都好奇地朝这里看过来，不知道国王和小岚公主在乐些什么。

这时，学者罗利急急走来了，他是乌莎努尔历史研

究所专门研究中国历史的权威。他边走边喊道："国王陛下，公主殿下！"

万卡问："什么事？"

没等罗利回答，小岚就说："他是来找我的。"

小岚问道："罗利先生，找到荆轲的新资料了吗？"

罗利显得很兴奋："公主，谢谢您命我重新翻查荆轲的资料！"

"啊！"小岚跳下秋千，有点紧张，"难道你发现荆轲再次刺秦王？"

"哦，不不不！"罗利说，"荆轲没有再次刺秦。"

小岚放了心，她一直担心，荆轲回到过去以后心有不甘，再去刺秦，那么中国历史就可能被彻底改变了。

"那你发现什么了？"

罗利眉飞色舞地说："我有个重大发现，荆轲刺秦之后，很可能没有死！"

小岚点点头，嘴里嘀咕着："这个我知道。"

"啊！"罗利有点愕然，"公主知道荆轲没死？"

"不是不是，我是说知道荆轲没有再次刺秦。"小岚

忙掩饰过去，又问，"你是怎么知道荆轲刺秦后仍活着的？"

罗利说："我查到了一些资料，就在荆轲刺秦之后，江湖上出现了'雌雄双侠'。这对雌雄双侠武艺高强，来无影去无踪，专门抢劫贪官和无良商人，帮助穷人和弱小百姓。据见过雌雄双侠的人形容，男大侠样貌特征跟荆轲极其相似……"

小岚一听心中暗喜：如果那男大侠是荆轲的话，女大侠一定是银月公主！荆轲终于等到他要等的人了！

罗利继续说："这事我还得继续深入研究，荆轲是怎样从秦王剑下逃脱的？他身边的女侠又是谁？还有，资料显示，他每完成一件劫富济贫的好事之后，都要向人们展示一个手势……"

他说着伸出右手，把中指和食指竖成一个英文字母"V"，又困惑地说："这显然是一个表示胜利的手势。但是，这可是现代才时兴的呀，远在战国时期的荆轲怎会懂呢？"

小岚一听，已经百分百确定那大侠是荆轲了。

因为她见过晓星教荆轲做那手势。

　　她笑嘻嘻地对罗利说："罗利先生，这事你可以慢慢研究。谢谢你给了我这些信息，你可以退下了。"

　　"是，公主。国王陛下，公主殿下，我回去工作了。"罗利分别朝万卡和小岚鞠了一躬，然后离开了。

　　"这回你可以放心了吧！荆轲回去并没有再去刺秦王，历史不会被改变了。"万卡说。

　　小岚显得很高兴："是呀，真高兴他还是接受了我的规劝。"

　　万卡笑道："我们的小岚公主晓以大义，他能不听吗？"

　　"没错！"小岚得意地说，"好啦，我心中大石终于可以放下了，我们散步去！"

　　小岚一把拉住万卡的手，万卡"哎呀"喊了一声。

　　小岚吓了一跳："怎么啦？"

　　万卡急忙把左手往背后一藏，但早被眼尖的小岚发现了什么。

　　"把手给我。"她定睛看着万卡。

　　万卡乖乖地把手伸到小岚面前，只见他左手几个手指上都缠着药水胶布。

　　小岚心疼地拿起他的手，问道："怎么受伤的？"

　　万卡犹豫了一下，才说："被吉他的琴弦弄破的。"

　　"啊！"小岚讶异地看着他，心想这家伙怎么啦，每天要处理那么多国家大事，还不够忙吗？居然还学吉他！

　　万卡看着小岚的眼睛，深情地说："我只想有一天，可以做做每个恋爱中的男孩都会做的事—给我心爱的女孩唱情歌。"

　　"啊！"小岚被深深感动了。